あとは泣くだけ

加藤千恵

集英社文庫

contents

あとは泣くだけ

触れられない光

ここにはあるはずのない祖母の健康保険証を探している。

「返したと思うけど」

わたしはそう言った。思う、ではなく、返したと確信しながら。

「でも、ないのよね。こないだ阿弓《あゆみ》に持ってってもらったっきり、見てないの」

さっきも言われたことだった。何度でも繰り返せそうなやり取りだけれど、もちろん繰り返すことに何の意味もない。ただエネルギーを消耗するだけだ。

母の言うとおり、先日病院の窓口で祖母の保険証を提出したのはわたしだ。ただ、その後で病室に戻ると、すぐにそれを母に返し、受け取ってもらったことも憶《おぼ》えている。

部屋探してみるね、と言ったのはわたしだった。結果的には言わされたようなものだ。母と話していると、いつもそうで、わたしはどこまでが自分の言いたいことなのか、思っていたことなのかを見失う。

馬鹿《ばか》正直に探す必要はないとわかっていた。この部屋のどこをどう探したって、保険証が出てくるはずがない。間違いなく母に返したのだ。きっと数分後、あるいは数十分後には、間《ま》の抜けた声で、保険証、ここにあったわー、と母は言うだろう。きっと少し笑いながら。わたしに謝るようなことはせずに。

それでも探してしまうのは、優しさからでも、もしかしたらあるかもしれないという予感からでもない。もっと、あらがえない何か。母の言葉は時々、わたしにとって、催眠術のような響きを持つ。

財布の中と、よく使うバッグの中をポケットまで含めて確認してから、パソコンデスクの引き出しを開ける。電化製品の保証書、USBメモリ、使っていないストラップ、デジカメの充電器。やっぱり、保険証なんてどこにもない。

二段目の引き出しの奥に、白い小箱を見つけたとき、息をのんだ。間違いなく入れたのは自分で、半年ほどしか経《た》っていないというのに、記憶からするりと抜けていた。抜けていたのではなく、抜いたというのが正しいかもしれない。

手に取る必要も、開ける必要もなかった。むしろ、そうするべきではないと思いつつ、わたしは箱を取り出した。

箱を開く自分の手が、細かく震えていることに気づいたとき、自分の鼓動の速まりも意識した。

当然のことながら、中身は変わっていなかった。受け取ったときと、まるっきり同じ。

輝き方も。ダイヤモンドがはめ込まれたプラチナリングは、間違いなく、わたしが婚約指輪としてもらったものだった。

誇らしげというのでも、寂しそうというのでもない、ただ指輪は指輪としてそこにあり、静かに光を反射していた。綺麗《きれい》だと思った。そう思ったのも、受け取ったときと同じだった。

「阿弓ー、保険証あったわー」

ドアの向こうから、うふふふ、と笑いながら母が言うまでの数分間、わたしは指輪をただ見つめていた。はめてみることはできなかった。はーい、と声をあげて、慌てて指輪を元あった場所に戻し、母のところに向かうわたしは、何か悪いことをしてしまった後のようにドキドキしていた。

会社では火曜と木曜の週二回、ノー残業デーが設定されている。その日に残業できない分、他の曜日に皺《しわ》寄せが来てしまうため、実際はありがたいとも言いがたいのだけれど、決まりとしてある以上、仕方ない。

ノー残業デーの午後六時になると、学校の休み時間に鳴っていたようなチャイムが響く。明るくて間抜けな響き。退社時刻の合図だ。

フロアのあちらこちらで、飲みや食事の誘いが飛び交っている。わたしのいる部署は、比較的若い人たちが多く、雰囲気も明るいため、少人数での飲み会なども頻繁に行われている。

「今日もお見舞い？　大変だね」

二つ上の男の先輩に声をかけられる。もう慣れましたから、と明るく返した。微妙な角度の笑みを向けられ、うなずかれる。無理して明るく振舞っているように思われているのかもしれない。最近はもう、そもそも誘われるようなこともなくなった。ノー残業デーのわたしが退社後にどこに行くのか、ほとんどの人が知っている。もしかしたら、本当はデートか何かじゃないか、と疑っているような人はいるかもしれないけれど。

「お先に失礼しまーす」

パソコンをシャットダウンし、デスクを軽く片付け、近い席の人たちに挨拶《あいさつ》をして、会社を後にする。会社から駅への道は早足になる。まだ見舞いの受付時刻には充分に間に合うのに。

会社から病院までの電車の乗り換えは一度。所要時間は三十分弱。乗り換え口に一番近いのは六両目。別の路線に乗り換えてから、病院方面の出口に一番近いのは三両目。今では、目を閉じていても、移動をスムーズにこなせそうだ。

病院の入り口の前で、いつもわたしは、一瞬ひるむ。入るのがためらわれるような気持ちを押し殺しながら、重たいドアを開ける。ちょうど出てきた見舞い客らしき人とすれちがい、軽く会釈する。

　中の空気はいつもひんやりとしている。九月になったけれど、外はまだ秋とは言いがたい暑さだ。汗ばんだ体がすうっと冷えていく。消毒液の匂《にお》い。受付前のロビーには、まばらに人が座っている。パジャマを着ているのは入院患者だろう。

　古く、やけに広いエレベーターの中も、やっぱり独特の匂いだ。五階のボタンを押す。少しだけ音を立てながら上昇するエレベーター。

　ドアが五階で開き、匂いが強まる。ナースセンターの前を通るとき、ちょうど祖母の担当である看護師の女性が出てきた。こんにちは、と慌てて言った。

「あら、こんばんは。お孫さん、しょっちゅう来てくれて、娘さんも毎日だし、おばあちゃんもいいですねえ」

　なんて答えていいかわからず、ええ、ともごもご返事をした。女性はじゃあまた、とパキッとした口調で言うと、早足で、祖母がいる病室とは逆のほうに向かっていく。

　第五東病棟、五一六号室。部屋番号のプレートの下には、五名の名札がかけられていて、祖母の名前も確かにそこにある。一番奥の右側。窓際でよかったわね、と母は言っていたけれど、祖母自身がどう思っているのかはわからない。きっと誰にも。

　わたしが声を出すより先に、椅子《いす》に座っていた母がこちらに気づいた。

「母さん、阿弓来たわよ。阿弓」

「おばあちゃん、こんばんは」

祖母の視線が、天井から、少しだけこちらに向いたように見えたけれど、気のせいかもしれない。見開かれた目。鼻につけられたチューブ。布団の下の腕につながっているのであろう点滴。

「こんなに遅くまでお仕事してたんだって、阿弓は」

一見、祖母に向けられている母の言葉は、わたしへの攻撃だ。今日はけして遅くない。六時半過ぎだ。カーテンは既に閉められているから室内にいてはわからないけれど、外だってまだほんのりと明るい。けれどそんなの、母には関係ないのだ。たとえ毎日この時間に帰宅しようとも、母の不満は解消されない。わたしが仕事を辞めない限りは。

「何時くらいから来てるの？」

「んー、大体いつもどおりよ。三時半くらいかな。ね、母さん」

祖母のわずかに開いた唇から、言葉が発されることはない。ただ視線だけがかすかに動く。皺だらけの顔。黒がわずかに数本交じっている白髪《しらが》。

意識がどのくらいあるのかというのは、こちらではわからないんです。ただ、これ以上の状態になる、回復することがあるのかというと、やはりそれは難しいことだろうと思います。祖母が脳梗塞《のうこうそく》で倒れ、入院することになったとき、医者はわたしたちにそう説明した。年齢を考えても、手術というのは体力的に難しいですし、リハビリなども困難でしょう。何も言わない母に代わって、わたしが、そうですか、と答えた。他に何も言えることは浮かばなかった。ただ、聞きたいことなら頭に浮かんでいた。

祖母は、いつまでこの状態なんですか。いつ死ぬんですか。

当然、口に出せなかった。そんなのは医者にだってわかるはずがないと知っていた。恐ろしかったのは、自分が望んでいるのは、この状態が長く続くことではなく、むしろその逆だということだった。倒れて間もない、入院したばかりの祖母と、動揺している母を、わたしは早くも持て余していた。それは、絶対に知られてはいけない類《たぐい》の感情だった。

「さっきまで眠ってたんだけど、阿弓が来るから起きたのかもね」

母が言い、わたしは曖昧《あいまい》に笑う。祖母に対する母の言葉は、正解がわからないものばかりだ。

祖母に会いに来るたびに苦しくなるのは、わたしが抱《いだ》いている気持ちを、実は全て見透かされているのではないかという気がするからだ。そんなはずはないと理屈ではわかっている。けれどわたしは、ノー残業デーにはほぼ欠かさず、休日も予定があいている限り、この病室にやって来る。孝行なんていう殊勝なものじゃない。罪滅ぼしのように。

一方でまた、ここでわたしは、感じてはいけない憎しみを育てているのかもしれない。壁一枚で隔てられた外の空気とはまるで別の空気を持ったこの世界の中で、閉じられた世界の中で、誰《だれ》にも話せない怒りや悲しみが膨張していく。

「帰ろうか。母さん、また明日来るからね。またね。おやすみ」

最初の一言だけわたしに向けて、後の言葉は祖母に向けて母は言った。祖母の左手を布団から出して、両手で握りしめながら。

母がこちらを向く。あなたも挨拶しなさい、ということだ。

「おばあちゃん、またね。また残業ない日に来るからね」

祖母の手に軽く触れ、再び布団の中へと戻す。自分のものと同じとは思えないような、皺としみだらけの祖母の腕。けれどそれは、思いのほかあたたかくて、確かに生きているのだと主張している。

「疲れちゃった。病院のあの椅子、座りにくくてだめよね。何か買って置いておこうかしら」

「置いておいてもいいものなの？」

「だめかしらね。でもあのパイプ椅子って、お母さん、全然好きになれないわ。腰が痛くなっちゃって」

病室を出ると、途端に母は楽しそうになることに、自分で気づいているのだろうか。

「今日は何食べようか」

病院を出るときは、余計に楽しそうだ。もはや、はしゃいでいるというのに近い。疲れた、と言う口調すら嬉《うれ》しそうで、だったら病院なんて行かなくてもいいじゃない、と今まで何度も思ったことを思う。一度でも口に出したら、母はなんて言うだろう。

「洋食にしようか。それとも、中華にする」

「そうねえ。ロールキャベツもいいかもね。あのお店」

「ああ、『すずらん』ね。じゃあこっちね」

最近では、わたしが病院に来たときは、たいていそのまま外食することが習慣となっている。

お店に一緒に向かうわたしと母は、他人からは、すごく仲の良さそうな母娘《おやこ》に見えるのだろう。いい年をした娘が、母親に甘えているようにすら。

「ロールキャベツ、家で作ると面倒くさいのよね」

母の言葉に相槌《あいづち》を打ちながら、智晴《ともはる》のことを思う。彼もロールキャベツが好きだった。

彼のことを思い出すとき、わたしは苦しくなる。切なさとか未練とか、断じてそんなものとは違う。胸が締めつけられるというよりもっとダイレクトに、首をしめられるような苦しさ。彼といられなかったつらさだけじゃなくて、どこまで続くかわからない未来が、わたしを恐怖におとしいれようとしている。

もともと智晴とは、友人の友人として、飲み会で知り合った。初めて会ったときは席も遠く、そんなに話すこともなかった。名前と顔も一致しないくらいの淡い記憶だった。

二度目に会ったときは、同じように飲み会だったのだけれど、たまたま席が隣同士になり、お互いのことをなんとなく話した。彼が損保会社に勤めていて、わたしより二つ上の二十六歳であることを初めて知ったのもそのときだ。

そして三度目に会ったのは、完全な偶然だった。少々ドラマチックなほどの。時々行く書店で本を見ていると、後ろから声をかけられたのだ。振り返って、スーツ姿の彼を見たときに、わたしは大げさなほど驚いてしまった。そんなに驚かなくても、と彼が笑い、わたしは思ったことをそのまま言葉にする。

「びっくりした」

「俺《おれ》も。最初は、似てる人かなあ、と思ったんだよね。でも、職場がこの駅だって言ってたし、もしかしてと思って」

確かに、職場が同じ駅だということは、飲み会で話して知っていた。ただ、最寄り出口も違うし、そうそう狭いエリアでもない。やはりかなりの偶然と言える。

「ごはん食べた？　まだなら何か食いに行こうよ」

まったくためらいのない口調で誘われて、なんだか嬉しかった。即答し、既に選んでいた本を持ってレジに向かう。列に並んでいる途中、母親にメールをした。返信はきっとすぐに来るだろうと思ったので、送信してすぐに、携帯電話の着信音を消した。

そのときは、彼が何度か行ったことのあるという近くのジンギスカン屋に行った。二人で食事をするのは初めてだというのに、まったく緊張しなかったし、ずっと前からしょっちゅうこうしているような錯覚すらあった。本の話から始まって、話すことがどんどん浮かんでくる。

ジンギスカンを食べるのは初めてだった。もっと癖があるのかと思っていたけれど、あっさりしていて、もやしや玉ねぎなどの焼き野菜も、甘みがあっておいしかった。

「ジンギスカンっておいしいんだね。初めて食べた」

「本場のとはやっぱり結構違うけどね。あっちのほうが濃厚かも。こっちのは焼肉に似てるかな。これはこれでおいしいけど別物っぽい」

「本場って北海道？」

「俺、北海道出身なんだよね。言ってなかったっけ」

初耳だった。北海道には一度、高校の修学旅行で行ったことがあったので、少しだけその話をした。とはいっても、時計台が思いのほか地味でガッカリしたとか、夜になると一気に寒くなって驚いたとか、そんな程度のものだ。それからわたしは訊《たず》ねた。

「北海道って、方言とかないの？」

「うーん、そんなには。たまに、方言だって知らずに使っちゃうってことあるけどね。こないだも、会社でバーベキューがあって、ぼっこ、って使ったけど通じなくて、初めて方言だって知った。俺ひとりでやたら連発しちゃってて。意味わかんないよね？」

ぼっこ。そっと、と同じアクセントで彼はそう言った。わたしは考えてみる。ぼっこ、に似ている言葉がないかどうか。

「ぼっち、とは違うの？　ひとりぼっち、ひとりぼっこ、みたいな」

彼は、ひとりぼっこか、と言って、思いきり笑った。

「違う違う、単なる棒のこと。やっぱり言わないいんだね」

「知らなかった。うん、それは言わないね。でも、なんか可愛《かわい》い」

ぼっこ。わたしは彼の真似《まね》をして繰り返してみた。彼は、バカにしてるでしょ、と笑った。それでわたしも笑った。ぼっこ、と何度か言い合った。どこかの民族の挨拶みたいに。

同じものを食べたり、同じことで笑い合ったりすると、距離は縮まるものなのだと思う。人の気持ちは複雑そうに見えてシンプルだ。二人きりの楽しい食事を終えたわたしたちは、偶然書店で会う前よりも、お互いに詳しくなっていたし、親しみをおぼえていた。

「またごはん食べようよ。会社も近いし」

「うん、ぜひぜひ」

誘ってくれたのは彼だったけれど、彼が言わなくても、わたしから言っていたと思う。

駅で別れる前に、わたしたちはお互いの連絡先を交換した。携帯電話を開いたとき、母からのメールが届いているのを確認して、気持ちがちょっと重たくなった。食事中はずっと、母について考えもしていなかった。

　わたしが帰宅したとき、母は起きていた。いつもなら眠っているのに、きっとあえて起きたままでいたのだ。

「遅かったね。突然だから、びっくりしちゃった」

「ごめん。会社の人に誘われて」

　迷うことなく嘘《うそ》をついた。母がわたしに男の人の影があることを、極端に嫌がるだろうと知っていたから。

「余っちゃったおかず、どうする？　もうお腹はへってない？　母さんのところに持っていこうかと思ったんだけど、もうあっちも食事終わってる時間だったから。ほら、あそこの家は食事早いでしょう。五時くらいにはもう食べちゃってるから」

「ごめん、明日の朝食べるね。ごめんね」

　わたしはどこまでも続きそうな母の言葉をさえぎり、多少苛立《いらだ》ちながら、それを表には出さないようにして答えた。悪いのはわたしなのだ、きっと。母がわたしのために毎晩用意する食事を、わたしはありがたく食べなくてはいけない。そういうことになっている。

まだ何か言いたげな母の顔を見ないようにしながら、疲れたしお風呂《ふろ》入って寝るね、お母さんももう眠ったら、と伝えて自分の部屋に向かった。

それから月に二、三回のペースで、彼とごはんを食べるようになった。彼も火曜日は残業がない日だということで、たいていは火曜日だった。いつも同じくらいのリズムで、同じくらいの量をしゃべった。彼と話すのは楽しかった。

初めて二人でごはんを食べてから二ヶ月ほどしたとき、いつものようにごはんを食べてからの帰り際、付き合おうよ、と彼に告白された。単純にすごく嬉しかった。勢いよくうなずいた。

女子高時代に数ヶ月、大学時代に一年ほど付き合った人がいるけれど、社会人になってからは、好きな人もできずにいた。この人のことは、ずっと好きでいられるだろうという、根拠もない自信と予感があった。嬉しくて叫びたいくらいだった。道行く人をつかまえては、ねえねえ、と片っ端から話しかけたいほどだった。

けれど、母だけは例外だった。その日帰宅してからも、実際に彼と付き合いだして、外泊が増えるようになってからも、わたしは母に彼のことを話せなかった。友だちに会うという嘘を重ねつづけた。我が家では恋愛の話はタブーだった。はっきり言われたわけではないのに、なぜかそのことはわかっていた。

お父さんが生きていたらどんな感じだったんだろう、とわたしは思い始めるようになっていた。

父が死んだのは、わたしが小学校三年生のときだ。癌《がん》だった。四十二歳という若さだった。きっと、そのぶん癌の進行も速かったのだろう。

ずいぶんと長く入院していた記憶があるけれど、実際はもっと短かったのかもしれない。癌という病気も、死の概念もわかっていたけれど、どうしてそれが父に起きてしまったのかわからず、幼いわたしは、ただただ混乱して、病院に行くたびに泣いてばかりいた。だから記憶の中の父は、わたしをあやそうとしている必死な姿ばかりだ。

亡くなってしまった日のことや、葬儀でのことは、あまり憶えていない。飛び石みたいに、途切れ途切れに記憶が存在しているけれど、その中のいくつかは誰かに聞かされたものを、そのまま自分の記憶とすりかえてしまったのかもしれない。

母のわたしへの思いがより強まったのは、それからだ。父が亡くなってしばらくは、わたしたちはずっと一緒に過ごした。わたしの学校への往復の道も、母が付き添っていた。学校が終わってからや休みの日は、家の中を少しずつ片付けながら、ずっと父の話をした。母が泣いてしまうとわたしも泣いたし、わたしが泣いてしまうと母も泣いた。

母はパート先であるスーパーを辞めた。

片付けや法要を終えて、季節が変わって、わたしが進級しても、母は働きに出ることはなかった。わたしのために食事を作り、部屋を掃除し、洗濯をした。たまには友人たちと会うこともあるようだったけれど、もともと友人が多いわけではない。祖母の家の近所に引越しを終えても、それは変わらなかった。ごくまれに、習い事に出かけるようなことなどもあったけれど、あまり長くは続かなかった。友人や知人も、さほど増えなかったようだった。

金銭的なことは、皮肉にもむしろ父が亡くなったことで、心配いらなくなっていた。これは大人になってから知ったことだけれど、父の死にともなって、生命保険金がおりたのはもちろんのこと、数十年分残っていたマンションのローン支払いも不要となった。それを売り、以前よりも狭い部屋を借りれば、母娘二人で暮らしていくのに不自由はなかった。わたしは無事に大学まで通わせてもらえた。二人きりの生活は、さほど贅沢《ぜいたく》することはできないものの、穏やかで心配のない日々だった。

いつからか、母がわたしをなぐさめているのではなく、わたしが母をなぐさめるために存在するようになっていった。

智晴と過ごす時間は、母と過ごす時間よりも、ずっとずっと楽しく、心休まるものだった。本当に幸せだったけれど、幸福を感じれば感じるほど、母を裏切っている気がした。

付き合いだしてから二年ほどが経ち、彼は結婚の話を持ち出すようになっていた。阿弓のお母さんに挨拶に行きたい、ということを頻繁に口にするように。

結婚を考えてくれていることは嬉しくもあったけれど、母のことは心配だった。わたしは相変わらず、母に恋人のことを打ち明けられずにいた。しかも、彼の仕事にはよく転勤があるということも、大きな不安となっていた。わたしが家を出ると言ったら、母がどんな反応をするのか、考えるほど憂鬱《ゆううつ》になった。いい想像なんて一つもできるはずがない。

それでもある日、わたしは思い切って母に彼のことを打ち明けた。彼と結婚するには、そこを避けるわけにはいかない。

母と一緒にテレビを見ていると、たまたま、彼の勤める損保会社のコマーシャルが流れた。言わなきゃ、と思った。

「わたしの彼氏、ここに勤めてるんだ」

とてもドキドキしていた。コマーシャルは終わり、母は無言だった。もしかして、聞こえなかったのだろうか。わたしが改めて言おうとしたとき、母が、お母さんお風呂入ってくるわ、と言った。

その言い方や空気で、信じられないけれど、母はあえてわたしの言葉を無視したのだとわかった。驚いた。無視されることは、さすがに想像の域を超えていた。

それでも、もう一度話そうと試みた。お風呂から出てきた彼女に、あのさ、お母さん、と話しかけた。母はそれをさえぎって、もう寝るわ、と言った。声には怒りが滲《にじ》んでいた。絶対に聞きたくない、というあからさまな態度だった。

感じた怒りよりも、混乱が大きかった。泣きそうだった。ぴしゃりと閉められたドアを開けるためには、わたしが頑張るしかないとは知っていた。ただ、開けられる自信がまるでなかった。

結局、わたしはそれっきり話を切り出すことができなかった。ドアの前にただ立ちすくんでいた。智晴からの、お母さんに挨拶に行きたい、という願いをなんとかかわすことのほうが、母に何か言うよりもずっと容易だった。

事態がまた変わったのは、それからさらに数ヶ月が経った、三月のことだ。

その日、わたしは智晴と仕事帰りに食事をとっていた。イタリアンだった。ジェラートやティラミスが載ったデザートプレートを残さずたいらげて、食後のハーブティーを飲んでいるとき、彼が、突然だけど、と切り出した。さっきまでのくだらない話とは、まるでトーンが違っていた。

はい、とわたしは言った。普段はしない言い方だったけれど、彼につられてしまったのだ。

「これ、驚かせちゃうかもしれないけど」

彼がジャケットのポケットから出したのは、白い小箱だった。水色のリボンが結ばれている。それを両手で持って、わたしのほうへと差し出した。

「え、これって」

「開けてみて」

彼の言葉と、箱の見た目で、中身は想像できていた。おそるおそるリボンをほどき、そうっと開けた。そこにはプラチナリングが輝いていた。中央の石は、きっとダイヤモンド。

綺麗、と声が出た。本当に綺麗だと思った。

「サイズ、合うかわからないんだけど。直したりもできるみたいだから」

言いながら、彼が腕を伸ばし、箱から指輪を取り出した。わたしは慌てて自分の左手を、彼のほうへと差し出す。彼がぎこちなくはめてくれた指輪は、わたしの薬指にすんなりはまった。ほんの少しだけ大きいけれど、気にならない程度だった。わたしは手の角度をわずかに変えながら、光を反射させる指輪を見つめた。

「実は来月、徳島に転勤が決まったんだ。昨日内示が出た。結婚して、一緒に来てほしい。もちろん、会社のこともあるだろうし、今すぐとは言わないけど」

「徳島」

「俺も突然で驚いたけど、確かにもう東京にも数年いるし、そろそろかなとは思ってたんだ」

「ごめんなさい、ちょっと待ってほしい」

「わかってる。いきなりになってごめん。でも、こうなる前から結婚は考えてたことだし、むしろいいタイミングなのかなって思うんだ」

彼がまっすぐにわたしを見つめながら言う。

頭のどこかで、今の状況を他人事《ひとごと》のように感じている自分がいた。なんて幸せなシチュエーションなんだろう。これは、彼からの正式なプロポーズなのだ。

すぐに答えることのできない自分が、心苦しかった。彼は、わかってると言ったけれど、きっとYES以外の返事を想像してはいないだろう。

家に帰る電車の中で指輪をはずして、小箱にしまった。帰宅すると、母は既に眠っていた。わたしはその日、眠ることができなかった。

徳島、結婚、プロポーズ、会社、母親、祖母、さまざまな単語が頭の中で渦巻いて、近づいたり遠ざかったりした。

母にも彼にも何も言えないまま、数日が経った。彼とは毎日のようにメールをやり取りしたけれど、内容はいつもどおりで、結婚のことにはまるで触れていなかった。彼の優しさだとわかっていた。

彼と会う約束をしていた土曜の朝、わたしは決意した。やっぱり、智晴と結婚したい。徳島についていこう。

その日は母と一緒に、祖母の家で三人で昼食をとることになっていた。そこで話してしまおうと思った。祖母は驚くだろうけれど、母は祖母の前ではさすがにわたしの言葉を無視できないだろうと思った。支度をして、母と祖母のところに向かう途中、わたしはずっとそのことばかり考えていた。

ところが、わたしはまたしても、話すことができなくなった。

台所で祖母が倒れていた。仰向《あおむ》けになって、白目をむき、口からは泡が出ていた。

「いやあっ」

声をあげたのが自分なのかと、一瞬錯覚した。実際は母だった。救急車っ、と言われ、慌てて近くの受話器を取った。指が震えて、１１９を押すのに、何度かやり直す必要があった。

こちらの住所と状態を伝えると、とにかく動かさずに、そのまま待っていてください、ただちにうかがいます、と落ち着いた声で言われた。言葉どおり、十分もしないうちに救急車がやってきた。救急隊員たちが祖母を担架に乗せていく。わたしは母の背中をおさえていた。震える背中を。

救急車に乗り込み、一緒に病院へ向かった。酸素マスクを付けられた祖母の姿は、完全に別人のようだった。何も言えずに祖母を見つめる母に代わって、救急隊員からのいくつかの質問にわたしは答えた。救急隊員はずいぶん若そうに見えた。わたしより年下なのかな、とどうでもいいことを思った。そのときには気づかなかったけれど、きっとわたしも混乱していたのだ。

祖母はICUに運ばれた。廊下に置かれた椅子に座り込み、両手を組んだまま、相変わらず何も言わずにいる母に、トイレに行ってくるね、と言ってわたしはトイレではなく一旦《いったん》外に出た。智晴に連絡しなければいけないと、来る途中で気づいたからだ。

「ごめん、今日、会えなくなった。今、病院にいて。おばあちゃん、台所にいたんだけど。救急車で」

「どうしたの。落ち着いて」

彼の言葉で、自分が思いのほか落ち着いていないことを知った。どこかで、この状況を飲み込めていないことも。彼がゆっくりとこちらに質問をしてくれて、それに一つずつ答えていくうちに、気持ちが徐々に鎮まっていくのを感じた。

「とにかくしっかりね。大丈夫だよ。また落ち着いたら連絡して」

智晴の言葉一つ一つが、電話機や耳を通して、自分の中に染み込んでいくようだった。うん、ありがとう、と言って通話を終え、急いで母のところへと戻った。母は、わたしが外に向かったときと同じ体勢のまま、自分の組んだ両手を見ていた。

「お母さん、おまたせ。ごめんね」

言いながら隣に座ると、驚いたように顔をあげてこちらを見た。

「ねえ、阿弓」

「大丈夫だよ。大丈夫」

わたしは母の背中をさすりながら言った。うつむく母の体は、さっきほどではないものの、まだわずかに震えていた。

しばらく背中をさすりつづけ、母の体から手を離す。すると母はいきなり、わたしの両手を自分の両手で握った。思いきり。そしてまたも顔をあげて言った。

「阿弓は、いなくなったりしないわよね」

わたしは息をのんだ。母はまっすぐにわたしの目を見つめていた。うっすらと眉間《みけん》に皺が寄っていた。手の温度は熱いほどだ。

目をそらすことも、手を離すこともできなかった。ただ、父が死んだ直後のことを思い出した。毎日のように泣きつづけた母。眠れないと嘆いていた母。わたしのためだけに動きはじめた母。わたしが母のもとを去ったなら、この人はどうなっていくのだろう。どこか遠くで、パタパタ、と誰かの立てる足音がしている。逃げられないのだ、とわたしは知った。

「なんだか、今日のはいつもより味が濃い気がするわ。お母さん、もういらなくなっちゃった」

小声で言ったつもりなのかもしれないけれど、お店の人に聞こえていそうで、わたしは思わずそちらをちらりと窺《うかが》った。聞こえてはいないようだった。母の前のお皿に目をやると、二つあったロールキャベツのうち、一つが丸ごと残っている。

ここのロールキャベツは、コンソメではなく、デミグラスソースがかかっているのが特徴だ。智晴が食べたら、なんて言うだろう。うまい、と絶賛するだろうか。あるいは、普通のやつのほうが好きだな、と言うだろうか。

やっぱり母を残してついていくことはできないと彼に伝えたとき、彼はとても驚いていた。倒れたのが祖母ではなくて母なのかと確認したほどだった。

お母さんがもっと年とったら同居するとか近くに住むとか、そういうことでいいんじゃないの、と彼が言ったとき、わたしは彼との間に、絶対に飛び越えることのできない溝があることを感じた。彼の話はもっともだった。けれど、もっともじゃないものも世の中にはたくさんあって、きっとそれは、頭で理解することなんてできない。普通さも異常さも、理屈じゃないのだ。

彼には、北海道に住む両親と、大阪に住む兄がいる。そのうちの誰とも会ったことはないけれど、彼の日頃《ひごろ》からの感じのよさや、たまに聞く家族のエピソードなどを総合しても、きっと明るい家でまっすぐに育てられたのだろう、ということがたやすく想像できる。そのことをうらやましいと思うほど幼くはないけれど、それはわたしには一生手の届かない光なのだと考えると、どうしていいのかわからなくなる。

遠距離恋愛という選択肢は、もはや彼の中にはなかったし、わたしにしても同じだった。このまま自分が一緒にいることで、彼のプラスになることなんて何一つない。わたしの背後には、常に母という存在があって、逃れることなんてできない。絶対に。

母の頼んだロールキャベツを残したまま、お店を出て、駅へと向かう。

「夜になってもまだ暑いわね」

母が言う。わたしは、そうだね、と答える。冷房のきいた店内にいたせいか、確かに外の空気がまとわりつくように感じてしまう。

駅前で、スーツ姿の会社員たちが騒いでいる。飲み会だろうか。よっしゃあ揃《そろ》ったかー、と一人の男性が声をあげ、おおー、と何人かがそれに続く。

「いやあねえ、みっともない」

そう言ってから、母はさらに続けた。

「阿弓も、会社なんて辞めちゃえばいいのにね」

祖母に向かって話しかけるような言い方だった。ここに祖母はいないのに。病室で眠っているであろう祖母に、もう母の言葉はまったく届いていないかもしれないのに。

わたしは聞こえないふりをした。もちろん、聞こえていることは、母だってわかっているはずだ。

初めて、智晴のことを話したときのことを思い出す。何も言わずに、わたしの言葉を無視した母。

　こうして、仕事に関する話題が出るたびに、耳をふさぐわたしも同じだ。わたしたちは、これから先、どれだけ相手の言葉を上手に無視しつづけるのだろう。少しでも陣地を広げようとするのと、それを防ごうとする争いみたいに。攻守を入れ替えながら、ずっと続けていこうというのか。永遠に思えるくらいずっと。本当は永遠ではないずっと。母が死に、わたしがひとりぼっちになるまでのずっと。

　ひとりぼっち。

　わたしはまた智晴のことを思い出した。ひとりぼっこか、と言って、あのとき彼は大笑いしていた。笑い方まで、はっきりと憶えている。

「ぼっこ」

「ぼっこ？　何よそれ」

「なんでもない」

「変な子ね」

　わたしは笑い出しそうになった。ひとりぼっこ。笑い出して、走り出したかった。どうしたの、と言うであろう母を無視してどこまでも。一体何時間走れば、徳島までたどり着けるんだろう。

「そうそう、帰りにトイレットペーパー買わなきゃ」

「じゃあ、薬局寄らなきゃね」

走り出すことのできないわたしは言った。

おぼえていることもある

女が仕事に行っている間に部屋を出ることにした。そうするのだと、昨日眠る前に決めた。やたらと結婚をほのめかしてきたり、就職するように言ってきたりする女が、面倒になったからだ。付き合い始めたときは、わたしって結婚願望ないんだよね、なんてしゃあしゃあと言っていたくせに。

パソコンデスクの上に置いてあった小さなメモ帳に、やっぱり近くに置いてあったボールペンで、《ありがとう。幸せになってください》と書いてみて、あまりのしらじらしさに気恥ずかしくなった。自分の字の下手《へた》さもいやだった。だからその紙はくしゃくしゃにして、ジーンズのポケットに入れた。

荷物はほとんどない。もともと持ってきたボストンバッグに、女に買ってもらった何枚かの洋服や下着を入れてしまえば、それで終わりだ。好みではないが仕方なく着ていたTシャツや、就職活動するなら必要だろうからと用意された革靴やスーツは、そのまま置いていくことにした。そうくん専用ね、と女が決めていた歯ブラシも、タオルも、全部放置していくことにする。

女はいつも、テレビ台の引き出しの奥に、三万円が入った封筒を入れていた。理由とかよくわかんないけど、実家でお母さんがやっていて、わたしも癖になっちゃったんだよね、と前に言っていた。実際に引き出しを開けて確認してみると、やはりあった。角がすりきれつつある茶封筒の中に、三枚の一万円札。一枚を抜いて、同じ場所にしまった。そしてもう一度開けて、さらに一枚抜いて、今度こそ本当にしまった。ごめんな、と心の中で女に言う。

もはやいつ誰《だれ》にもらったのか憶《おぼ》えていない、きっと昔の女にもらったのだろうボストンバッグのジッパーを開けると、既に入っている何枚かの洋服の間から、本の裏表紙が見え隠れしていた。取り出して、いっそここに置いていこうかと一瞬思ったが、そんなことができるはずはなかった。本を隠すように、洋服を詰めていく。気に入っているストライプのシャツが皺《しわ》だらけになっていることに気づいた。次の家が決まったらそこで、アイロンをかけさせてもらえばいい。あるいは、女にお願いしてクリーニングに出してもらったっていいのだ。

買ってもらったばかりの圧力鍋《なべ》を持っていくかどうかは、靴をはく直前まで悩んだ。紙袋に入れてしまえば持っていけないことはない。加圧の強さも選べるし、そのわりに洗いやすく、料理には本当に役立っていた。煮物もスープも、格段に作りやすく、おいしくできるようになった。が、結局は置いていくことにする。これで女が少しは料理をするようになるなら、むしろ人助けだ。あんなに結婚したがっているなら、料理の腕を磨いたほうがいい。

合鍵《あいかぎ》を、女に付けられた革のキーリング（おそろいだから、と嬉《うれ》しそうにしていた）ごと、部屋のポストに入れる。思ったよりも重たい音が鳴る。

悪くない部屋だったな。結局、一年くらいいたことになるのか。それなりに新しくて綺麗《きれい》だったし、コンビニもスーパーも近かったし、どちらも狭かったけど、一応リビングと寝室が分かれていたし。風呂《ふろ》とトイレも別だった。ガスコンロが一口だったのは、かなりマイナスだったが。

ガスコンロのことを思うと、途端に空腹を感じた。携帯電話で時刻を見る。午後三時。そういえば昼に起きてから何も食べていない。何か食ってから出ればよかった、と後悔したが遅い。

どちらにしても、ファミレスかどこかに行くつもりだった。そこで昔の女に連絡をとってもいいし、深夜になるまで待って、女の客が来そうなバーに行ったっていい。きっと数日中には、次の家が見つかるだろう。

そう考え、何度か行ったことのある駅前のファミレスを目指して歩いているうちに、しげちゃんのひげ面《づら》が頭に浮かんだ。困ったときのしげちゃんだな、とさっそく電話をかける。

発信ボタンを押してから、今は経営するカフェにいる時間だと気づいたが、しげちゃんはすぐに出た。低くて、色気がある、とよく言われている声。

「はい、もしもし」

「今日泊めてもらっていい？　つーか、今って店にいんの？」

「いきなりだな。いいけど、ついでなら店手伝ってくんない？　どうせ暇なんだろ。バイト代出すし」

「ありがと。さすが話が早いな。三十分くらいで行くわ。あと、なんか食わせて」

おう、としげちゃんが言って、通話が終わった。しげちゃんさまさまだな。嬉しくなりながら駅に向かう。

おれがホームに着くのを待っていたみたいなタイミングでやってきた電車に乗り込む。平日の午後の私鉄はガラガラにすいている。ドア近くの座席に座った。

この駅に来ることは、もうしばらく、もしかすると一生ないんだな。そのことに気づいたけど、せつなさや感慨という類《たぐい》のものはわきあがってはこなかった。女の、笑ったときの目の角度や、肌の柔らかさや、おれの作った料理をおいしそうに食べることなど、好きな部分をいくつか思い出してみると、少し寂しくなった。

でもきっと、一週間もしないうちに忘れてしまうだろう。

しげちゃんの店には、三十分ほどで着くと思ったのに、二回も乗り換える必要があり、結局一時間くらいかかった。店に入るなり、おせえよ、としげちゃんに言われてしまった。

バイトの子が一人いた。女で、大学生だという。ショートカットで、角度によっては可愛《かわい》い。はじめましてー、と親しげに言われて、男友だちが多そうだな、と思った。夏には海に、冬にはスノボに行きそうなタイプだ。

しげちゃんは、女子大生におれのことを友人だと紹介し、しょうもないやつだから何でも言いつけていいよ、と言った。彼女は、あははは、と笑った。おれは言った。

「しげちゃんに手出されたりしてない？　気をつけなよ」

人聞きの悪いこと言うなよ、としげちゃんが言う。女子大生はまた、あははは、と笑う。さっきよりも嬉しそうに。

手を出しているはずはないと知っている。しげちゃんはゲイだ。

しげちゃんが用意してくれていたサンドイッチを食べているときにはちらほらだった店の客が、六時をまわったくらいから増えはじめ、八時には満席になっていた。座席はソファも多いため、長居する客も多い。店内にいるのはほとんどが女だ。

おれは調理やレジはできないので、オーダーをとったり、ドリンクや料理を運んだりした。おれのことを見て、かっこいい、とひそひそと話している客もいた。

しげちゃんはあまり忙しそうに見えないように働きつづけている。それがどんなにすごいことなのか、手伝いに過ぎないおれですらわかる。いつだってしげちゃんはそういうやつだ。気を遣っていると思わせないようにして気を遣っている。そういうのが本当の優しさなんだと思う。

夜になると、女子大生と同じ学校だというバイトの男もやってきた。ということは、バイトの二人は付き合ってるのかと思ったけど、別にそんなに仲がいいわけでもなさそうだ。世の中はそんなに単純じゃないらしい。

結局、閉店時刻の夜十一時まで客はいた。最後の客を見送ったときには、十五分ほど過ぎていた。それから店の片付けをして、大学生二人を先に帰し、おれたちが店を出たのは、十二時をまわってからだ。

しげちゃんは自分の青いチャリで、おれは終電一つ前の地下鉄で、しげちゃんの家を目指す。絶対におれのほうが早く着くだろうと思ったのに、駅を出たときには向こうが既に着いていた。裏道があるからな、と得意げな笑みを浮かべられた。駅から家までの道のりは、並んで歩いた。

「そういや、あのバイト同士、付き合ってないの？」

「単に同じ学校ってだけだろ。そんなに仲良くもないし」

見た印象のままを返されてしまう。まあ、どうでもいいことだ。

「しげちゃん、あの男のことは狙《ねら》ってないの？」

「雇ってるバイトに手を出すほど飢えてない。そもそもおれのタイプじゃない」

ぴしゃり、という感じの答えだった。確かにそんなにかっこいい男ではなかったが、タイプかどうかというのは、おれにはまったく理解できない。しげちゃんが以前言ったことには、おれもタイプではないらしい。

突然の訪問にもかかわらず、しげちゃんの1LDKの部屋は、数ヶ月前に来たときと同様に綺麗だった。物が少ないのだ。ざっと見渡してみる。数ヶ月前とは、ラグが替わっているのと、寝室のCD棚と本棚にそれぞれCDと本が増えているらしいことが、変化と言えば変化だ。

「めし、簡単なものでいいだろ？」

「もちろん。っていうか手伝おうか」

「いや、いい。余り物でパパッとやっちゃうし」

そう言うとしげちゃんは、カウンタータイプのキッチンで、冷蔵庫から野菜などを取り出しはじめた。

「おれ、しげちゃんとなら結婚したい」

「断る」

こっちが言い終わらないうちの即答だった。

きっとおれが女なら、本気でしげちゃんに惚《ほ》れているだろうと思う。しげちゃんにはできないことなんて何もないように見える。おれが持っていないものやできないことばかりで構成されているしげちゃん。

家具、家電、台所用品。この部屋にあるどれも、しっかりと選び抜かれたものに見える。実際そうなのだろう。皿洗い用のスポンジにいたるまで。今着ている服だってそうだ。シンプルな白いシャツだけど、形も長さも、きっと厳選したものなのだ。

おれは自分のシャツにアイロンをかける必要があることを思い出した。

「そうだ、アイロン貸してほしいんだけど」

「アイロン？　いいけど。寝室にあるよ」

言われたとおり、引き戸が開け放されている寝室に入ると、リビングからは見えない角度の場所に、紺色のアイロン台とともに置かれていた。水を使わずに低温でやってしまおうと決め、コンセントを入れて目盛りを回した。徐々に熱されていくアイロン。シャツを取り出すときに、また本の裏表紙の一部が見えた。不意打ちの気分だ。

冷静になろうと心がけ、アイロンをかけはじめながら、顔の見えないしげちゃんに話しかける。

「あのさー、バロウズって知ってる？」

「えー？　バロック？」

「バ、ロ、ウ、ズ。小説家」

「ああ、ウィリアム・バロウズ」

それ誰だよ、と言われることを予想していたので、あっさりと答えられたのは意外だった。おれは訊《たず》ねる。

「有名なの？」

なんだよ、お前が聞いてきたんだろ、としげちゃんが笑う。何かを炒《いた》めはじめる音がする。しげちゃんが、さっきよりも少しだけ声を大きくする。

「有名だろ。映画化もされてるし。変人だし」

「変人なんだ」

「お前、バロウズの何を知りたいんだよ」

笑いながら言われて、いやおれもよくわかんないんだ、と笑った。皺の上にアイロンを滑らせていく。あたたまっていくストライプのシャツ。

「ヤク中だし、男好きだし、奥さん殺してるようなやつだよ」

おれは思わず手を止めた。

「男好きなのに結婚してんのかよ。しかも殺したって」

「まあ、男好きっていうか、バイセクシャルだったんだろ」

なんなんだ、その経歴。山下紗江子《やましたさえこ》はなんで、その人の本をおれにくれたんだろう。

おれは山下紗江子のことを思い出す。けど本当は思い出す必要なんてない。いつだって山下紗江子のことを考えてる。別の女の部屋にいても、しげちゃんの店で働いていても、いや今日だけじゃなくて、ずっと。一年半、出会ってからなら二年、ずっとだ。

二年前、おれはそのとき付き合っていた女に、女の友人が設計したのだというバーの開店パーティーに連れていかれた。

山下紗江子は、つまらなそうにしながら、一人でいた。レトロな配色の大きな花柄が全面に入ったワンピースを着ていた。ただそれは、そうした服が好きという感じじゃなくて、単に、自分が何を着たらいいのか、何を着たいのかがわかっていないように見えた。全然似合ってなかったからだ。

目をひかれたのは、その服装のせいもあったのかもしれない。

おれは彼女のことを見た。目が少し離れていて、大きめの口をきゅっと結んでいた。髪の毛はあごの下あたりで斜めに切りそろえられている。前髪はおろしていて、眉《まゆ》にかかるくらい。名前も思い出せないクラスメイトに、少し似ていると思った。化粧は全然してなくて、年上にも年下にも見えた。持っているプラスチックのコップの中身は、色からいって多分赤ワインだ。飲み物は、テーブルの上に置いてあって、自由に飲むシステムになっていた。

　一人で来ている人は他にもいたのに、なぜか彼女のことだけが気になって、目が離せなかった。付き合っていた女が友人と話し込んでいるスキを見計らって、飲み物を取りに行くついでをよそおい、近くに行って話しかけてみた。

「こんばんは」

「こんばんは」

　おれが笑顔で話しかけると、彼女は全然驚いた様子もなく、同じ言葉を繰り返した。そのことにむしろ驚いた。誰か知り合いと勘違いしているんじゃないかと思い、はじめまして、と言うと、当たり前のように、はじめまして、と返す。おれは調子がくるってしまった。

「一人で来てるんですか？」

「一人でも平気なんで、気にしないでください」

　完全に話を終わらせようとする言い方をして、彼女はおれの目を見た。いや、そんな気を遣ってるわけじゃないですけど、とおれは笑ったが、彼女はまったく笑わなかった。おれに対しての興味を微塵《みじん》も持っていないような目だった。もし無人島で二人きりになっても、彼女はこんな目でおれを見るのかもしれない。

　おれが他の女と話していることに気づいた女がこちらを睨《にら》んでいるようだったので、

結局その日は、それじゃあ、と言ってそれきりだった。名前すら聞けなかった。女は、なんであんな可愛くない人に声かけてたの、とイライラしていた。可愛きゃ可愛いで怒るくせに、と思ったけど言わなかった。

確かに、可愛くはなかった。地味だし、垢抜《あかぬ》けないし、愛想も悪かった。

それなのに、おれは彼女が気になって仕方なくなった。毎日考えて、一度夢にも見た。夢の中で彼女は、やっぱり変なワンピースを着て、会ったときには見せなかった笑顔を見せてくれた。

なんなんだよ、と思った。なんでこんなに気になるのか、その理由を知りたかった。

彼女の夢を見て目覚めた日、おれは女が仕事に出かけてから（そのとき付き合っていた女はキャバクラ嬢だった）、彼女と出会ったバーに行った。

最寄り駅に着いて、店に入って、カウンター席につき、コロナビールを注文するまでは無心だった。

おれはこんなところで何をしてるんだろうか、と思い始めたのは、二本目のコロナビールを飲み終える頃《ころ》だった。女が仕事している間に、わざわざ着替えて、わざわざ電車に乗って、ここまでやってきて。自分はものすごく無意味なことをしているんじゃないだろうか、と思った。ビンの下のほうに少しだけ残ったコロナビールと、切られたライムが、途端にバカバカしいものに思えてきた。

もう出よう、これを飲んだら帰ろう、と決めた瞬間に奇跡が起きた。店の重たいドアが開き、新しい客が入ってきた。

嘘《うそ》だろ、と思う。

薄いオレンジの光の下で見えたのは、間違いなく、彼女だった。

あまりに驚いて、動くこともできなかった。ただ、上半身をひねって入口のほうに向けたまま硬直していた。おれの異様な姿勢に気づいた彼女が、向こうから近づいてきた。

「こんばんは」

話しかけられたことで、我に返った。こんばんは、と言ったおれは、いつものように笑顔を作れていたはずだと思う。

彼女は、決まっていたことみたいに、おれの隣の席に座った。カウンターの中のバーテンダーが、あれ、山下さんのお友だちなんだね、と話しかけてきた。彼女が山下という苗字《みようじ》であることをそこで知った。ちなみにバーテンダーとは、おれも開店パーティーで顔を合わせていたのだけれど、それは憶えていないようだった。彼女とはきっと、もともと知り合いだったのだろう。

彼女は、うん、知り合い、と言って、キティを注文した。赤ワインを使ったカクテルだ。前も彼女が赤ワインを飲んでいたことを思い出した。

「ワイン、好きなんだね」

「いくらでも飲んじゃうから、危ないけどね」

そう言って彼女は、ろうそくの火が揺れるように笑った。

同期するように心が揺れた。夢で見たような笑顔じゃなかったけど、おれにとっては充分だった。もっといろんな表情を見たい、と思った。

前とはなんとなく雰囲気が違うように感じていたけれど、服装の違いも大きいのだろうとようやく気づいた。彼女は今日は、胸元に小さくフリルのついた白いシャツと、黒のスカートを身につけていた。足元もヒールだ。薄いものの、このあいだよりもしっかりと化粧をしているふうでもあった。仕事帰りなのかもしれない。仕事も、年齢も、彼女のことを何も知らない自分がとてもちっぽけな存在に思える。聞きたいことはいっぱいあった。

でも、おれの口から滑り出たのは、質問じゃなかった。バーテンダーが別の客と話し込んでいるのを確認して、口を開いた。

「会いたかったんだ」

なんなんだろう、と思っていた。十四歳のときから、女と付き合い出すようになって、今まで間があいたことはほとんどなく、思い出せないくらいの数の女と付き合ったりセックスしたりしてきた。自分から近づいたことなんて全然なかった。近づいてほしそうにしている女に、近寄っていったことはあったけれど、それはあくまでも時間短縮のためだったり、親切心だったりした。

会いたかった、と言った自分にも、何よりも強くそう思っている自分にも、自分が一番戸惑っていた。全然ペースがつかめない。心がざわざわして息苦しくなる。

彼女は顔だけをこちらに向けて、じっとおれを見つめた。おれもじっと彼女を見つめ返した。やっぱり少し目が離れている、と思った。そんなことを思ったりする程度には、まだ余裕のある自分に安心する。

「わたしのことが好きなの？」

ゆっくりとした口調だった。嘘をついてはいけない、と言われた気になって、だから慎重に正直に答えた。普段だったら間違いなく、すぐにうなずくか肯定する言葉を発しているところなのに。

「多分」

彼女は、ふっ、と小さく声をあげて、ほどくような笑い方をした。間違った答えを言ったかもしれない、と思った。そうだと即答するべきだったのだろうか。

しばらく間《ま》があった。彼女は顔を正面に戻して、おれの存在を忘れてしまったかのようにキティを飲んだ。おれは焦った。何を言っていいのかもわからなくて、仕方なく、同じように正面を向いて、ぬるくなったコロナビールを飲み干した。ビンの中がライムだけになってしまえば、もうおれにすることはなかった。

カウンターの奥にずらっと並ぶ酒のビンを眺める。さまざまな色、形、ラベル。知っているものはごくわずかだ。一生のうちに、この中で、どれだけの種類を口にすることがあるのだろう。

青いビンが綺麗だな、とぼんやりしていると、隣にいる彼女が口を開いた。

「行きましょうか」

「え？」

おれの返答は、間抜けな声になった。慌てて隣を見ると、彼女のグラスは空《から》になっている。

「ごちそうさまでした」

彼女はバーテンダーに話しかける。

「ありがとうございます。お会計はどのように」

「一緒で結構です」

「かしこまりました。ありがとうございます」

おれは慌ててポケットから自分の財布を取り出した。既に財布を用意していた彼女を制止して、会計を済ませた。お気をつけて、とバーテンダーがドアまで送ってくれる。

彼に礼を言い、狭い階段をのぼって外に出る。彼女が先を歩き、おれはその背中を見つめる。

「どこ行くの」

歩き出しても彼女は何も言わなかったので、しびれを切らしたおれは言った。方向的には駅のほうに、おれたちは歩いていた。

「行くの？　行かないの？」

足を止めた彼女は、不思議そうに訊ねた。でもそれはおれの質問の答えにはなっていない。

「どこに？」

おれが言うと、おれが変なことを言っているかのように、彼女は首をかしげた。試されているのかもしれない、とそのとき初めて思った。

行くよ、とおれは言う。彼女はまた歩き出した。

着いたのはやはり駅だった。それでも彼女はまだ何も言わなかった。だからおれも、何も言わずについていった。行き先がわからなくても、電車に乗れるんだなと、普段は特に意識もしない、改札にタッチするICカードを神の道具のように思う。

混んだ電車の中では、今日、いや、出会ってから今までの中で、最も彼女と接近した。髪からはふんわりとシャンプーの匂《にお》いがした。おれの身長が一七五だから、一六〇はあるだろうか。ヒールのせいかもしれない。

三駅目で降りた。今まで来たことのない駅だった。駅とつながったスーパーや、駅前によくあるようないくつかの飲食店があったけど、歩き出すとすぐに何もない住宅街になった。

電車の中でも思った。彼女はひょっとして、自分の家に行くのではないか。そしてその予想は、きっと当たっている。

でもどうしてなのか全然わからなかった。少なくとも、全然知らない男を連れ込んだりするのに慣れているタイプには見えないし、ましてやおれを好きになったそぶりはない。もしかして彼氏がいて、おれはそこで説教されるんだろうか。説教くらいで済めばいいけど、殴られたりしたら最悪だ。金だってないし。

それでも何も聞かなかったし、足を止めなかったのは、びびってると思われるのがいやだったのもあるけど、やっぱり彼女と離れたくなかったからだった。犬か何かを連れて歩くように、無言のまま前を行く彼女のことが、気になって仕方なかった。話したり、触れたり、知ったりしたかった。

なんでなんだ、と彼女を初めて見かけてから今日まで、何度も思ったことを、また改めて思う。特に綺麗なわけでも、感じのいいわけでもない彼女のことが、どうしてこんなに気になるんだ。目には見えないオーラみたいなものが彼女から出ているとか、前世で何かあったとか、いつもは考えたこともない、むしろバカにしていた類のそうしたミステリアスなことが起こっているとでも言われたほうが、まだすんなり納得できそうだった。理屈じゃない自分の思いに、おれは困惑していた。

駅から十分ほど歩いたところにある建物が、最終目的地だった。それはつまり、予想したとおり、彼女の家だった。

築何十年かわからない、ぼろいアパートだった。部屋は二階の奥だった。階段を、音を立てないようにしてのぼった。彼女はバッグから鍵を取り出し、ドアを開けた。部屋の中は真っ暗で、誰もいないことにとりあえず安心した。

中はリフォームが済んでいるのか、見た目ほどはぼろくなかったが、それでも相当年季が入っているようだった。狭いキッチンと、六畳ほどの和室。

飾りのようなものはほとんどなかった。ただ、本がたくさんあった。本棚にびっしりと詰め込まれ、そこに入りきらない分がまだ溢《あふ》れ出している。

おれはトイレを借りた。風呂とトイレは分かれていたが、ちらっとのぞいた風呂は、いちいちガス栓をひねってつける必要のある、バランス釜《がま》のようだった。

トイレから戻ると、入れ替わりに彼女がトイレに行った。

おれは、電灯につけられた長いひもを見つめて、彼女は何を考えているのだろう、と、わかるはずもないことを思った。

トイレから戻ってきた彼女は、所在なさそうに突っ立っているおれを見つめて、予想外のことを言った。

「布団敷く?」

　こちらが何か答える前に、彼女は部屋の奥の押入れへと数歩歩き、ためらうことなく布団を出しはじめた。押入れは上下二段に分かれていて、下に布団が収納され、上は突っ張り棒でクローゼット代わりになっているようだった。キャスター付きのプラスチックの三段収納ケースもあった。

「これ、シーツかぶせて」

　折り畳まれた、薄いピンクのシーツを手渡され、言われるままに敷き布団にかぶせた。普通に考えれば、これからおれたちはセックスをするということだろうけど、全然そんな雰囲気ではなかった。花見の場所取りみたいだ。

　おれが腑《ふ》に落ちずにいるのを気にも留めず、彼女はさっさと布団を敷き終えた。そして、さっきつけたばかりの電灯を、ひもを使って、一番小さな豆電球だけにして、布団に入ってしまった。

　おれが無言でその場に突っ立っていると、彼女は布団の中からこちらを見て、どうしたの、と言った。バカにされている気がした。

「別に、こういうことをしに来たわけじゃない」

「知ってるよ」

　彼女はゆっくりと上半身を起き上がらせた。

「でも今夜だけだよ、わたしがこんなふうになるのは」

「…………」

「もう二度とこんなふうにはならないけど。いいの？」

わけのわからない感情が、おれの心を激しく動かした。

そのまま膝《ひざ》をついて、キスをした。彼女は抵抗しなかった。かといって、向こうから何かしてくるでもなかった。ただ受け身だった。ものすごく柔らかい唇だった。今までキスした唇の中で、間違いなく一番柔らかかった。少しだけ酒の匂いがした。吸ったり嚙《か》んだりするたびに、自在に形を変えていく。唇そのものが、独立して意思を持った生き物であるかのようだった。

攻め立てているのはこちらのはずなのに、捕まったような気がした。わざとちょっと乱暴に抱きしめて、そのまま二人して寝転がる体勢になった。

何もかも、今までと違った。触れるたびに、キスをするたびに、体の中に電流が走るような感覚があった。

どんなに強く抱きしめても、どこかで不確かだった。現実じゃなくて、夢の中みたいだ。一瞬後には、すべて消えてしまうんじゃないかと思った。それが不安で、おれはただ必死に、彼女の体をとらえようとしつづけた。

朝になって、アラーム音で目が覚めたとき、隣の彼女は消えていなかった。当たり前なのに、むしろ意外だった。ベージュのカーテンは生地が薄いのか、閉じていても光が射《さ》し込んでいる。

彼女はすぐに起き上がり、布団を出た。朝の薄い光の中で見る下着姿の彼女は、ものすごく幼く、たよりないものに見えた。昨日自分がセックスした相手と同一人物だとは思えなかった。

「朝ごはんとかないけど、いい？」

おれはまだ起き上がる気にはなれず、布団の中で寝転んだまま、うなずいた。彼女はそれを確認すると、台所のほうに行った。歯磨きを始める音がする。洗面台がないから、台所で磨いているのだろう。

そのままシャワーを浴びたらしい彼女は、おれを見ることもなく、部屋に戻ってくると、あっというまに化粧や着替えを終えた。

「鍵おいておくけど、合鍵とかないから、夜八時くらいにはここにいてほしいんだけど。それまでは出かけたりしてくれて構わないし」

「もう出かけるの？」

「真面目《まじめ》な会社員だから」

笑わずに、真面目な顔で答えられた。上半身を起き上がらせて、わかった、とおれも真面目に答えた。

「いってきます」

「いってらっしゃい」

彼女は、昨日のように、シャツとスカートのシンプルな組み合わせの服を着ていた。

一人になったおれは、自分の携帯電話を確認した。バーに入るときに電源を切っていたのだ。電源を入れると、「Hello!」という起動画面が立ち上がる。メールは二十三通来ていた。どれも一緒に住んでいる女からのものだった。五通ほど読んだところで、消した。

つながるのを待っていたかのように、電話が鳴った。女だった。ためらいつつも出た。

「もしもし」

「今、どこにいるの？」

女は必死で怒りを抑えようとしているのだろうけれど、電話越しにも滲《にじ》み出ていた。

おれは質問には答えなかった。

「ごめん、もう出て行く。今から帰って話す」

「どういうこと？」

「とにかく今から帰るから」

おれは電話を切り、だるい体をひきずって、言ったとおりに女のところに行き、荷物をボストンバッグに入れて、部屋を出た。女は泣いたり怒ったり物を投げつけたり、すがりついてきたりした。何をされても、おれはもうこの女といることはできなかった。

「今まで渡してたお金全部返してよ、じゃないと訴えるから」

泣きながら言う女を、かわいそうだと思ったし、今までしてくれたことを思うと申し訳なかったけれど、それでもやっぱりいられなかった。わかった、少しずつ返すよ、とおれは言った。この女がおれを訴えることはないだろうと知っていた。

部屋を出る頃には、夕方になっていた。おれは電車に乗り、彼女の家に向かった。駅とつながったスーパーで、食材を買った。料理は昔から得意だったし、よく作っていた。彼女が食べて喜んでくれればいいと思った。

言っていたとおり、八時少し過ぎに彼女は帰ってきた。おれが作った料理に気づき、ちょっと驚いた顔を見せたけれど、特に喜ぶ感じでもなかったので、おれはガッカリした。そろって食事をとったけれど、彼女は特に料理の味をほめたりはしなかった。しびれを切らしたおれが、苦手な料理だったかと聞いてみると、おいしいよ、と特に何の感情もない声で言った。

おれは彼女の名前を訊ねた。まだそれすら知らないことに、彼女の部屋で一人でいるときに気づいたからだ。

山下紗江子、と彼女は名乗った。そこにもやはり、何の感情もこめられてはいなかった。

「いつ帰るの？」

食事を終えて、山下紗江子はおれに訊ねた。昨日セックスをしたことなんて忘れているみたいな、まるで親しさのない言い方で。

おれは、今日あった出来事を話した。ずっと女と住んでいたことや、そこから今日出てきたこと。もしいやだったらもちろん出て行くけど、できるならここにいさせてほしい、ということを。

話を聞き終えた山下紗江子は、別にいてもいいけど、と言った。あまりにあっさりとしていて、思わず確認するほどだった。

そんなふうにして、おれは山下紗江子の部屋で暮らしはじめた。

彼女との生活は、今までの女との生活とは、まるで違った。正確に言うなら、違ったのは、おれの気持ちだ。

おれは、山下紗江子と一緒にいるうちに、どんどん彼女を好きになり、欲しくなり、求めるようになった。肉体的にも精神的にも、彼女のすべてを欲しいと思った。見えない過去に嫉妬《しっと》し、会っていない時間は不安になった。

おれは働くようになった。今までは女に生活費を出してもらったり、お金をもらったりしていたけれど、山下紗江子にはそんなことをさせたくなかったし、してもらいたくなかったからだ。幸い、しげちゃんの店や、古い知り合いの事務所など、こまごまとした仕事をできる場所はいくつかあった。本格的に就職するまでのつなぎとして、働かせてもらうようになった。お前が熱心に働くなんて何があったんだよ、と知り合いはみんないぶかしんだ。借金でもできたんじゃないのかと心配もされた。でもおれは、なぜか誰にも、彼女のことを話せなかった。ただおれだけの存在として独占していたかった。

とにかく一日中、山下紗江子のことを考えていた。全然飽きなかった。それはセックスもそうだ。いくらしても足りなくて、さらに欲しくなった。彼女を求めつづけ、断られたときには、隠れて一人でした。いったいどこから自分の性欲がわきあがっているのか、不思議でならなかった。中学生の頃よりも激しかった。

山下紗江子は、ずっとそっけなかった。たまに機嫌のいいときもあるけれど、基本的には無表情で、こっちがする話にもとりたててリアクションしなかった。おれは、山下紗江子に喜んでほしくて、いろんなことを考えた。料理を頑張ったり、プレゼントをしたり、おもしろい話をしたりするようにした。彼女に出会う以前の自分の人格は、どこかに置き去りになって見つけられなくなっていた。

部屋のガスコンロは二つがいい、とか、トイレとバスは別がいい、とかそういうのと同じ。みんな、条件で人を好きになったり、一緒にいたりするものなんだと思っていた。可愛いからプラス1、料理ができるからプラス1、すぐに怒るからマイナス1、そういうふうに、好意は簡単に説明できるもので、０やマイナスだったら別の相手を探せばいい。そういうものなんだと。

好きで苦しいとか、考えすぎちゃうとか、付き合っている相手に言われるたび、うっとうしいと思っていた。多分そう言っている自分に酔っているだけなんだろうと。好きで苦しければ、好きじゃなくなればいいだけだし、考えすぎるなら考えないようにすればいいのだと、思っていたのだ。

まさか、そんな感情が本当にあるなんて、こうしておれの中で生まれて育っているなんて、認めたくない気持ちだった。おれはこれからどうなっていくのか。山下紗江子との日々はおれにとって、官能的で、享楽的で、だからこそ不安で仕方なかった。

終わりは突然だった。山下紗江子は、好きな人ができたから出て行って、と言った。お願いや質問などではなく、通告だった。それでもおれは引き下がらなかった。引き下がるわけにはいかなかった。絶対に絶対に手放したくなかった。

最初に怒り、それから泣き、すがってみた。泣かれたことは数えきれないほどあったけれど、人の前で泣くなんて、小学生のとき以来だった。おれはさまざまな態度の変化を見せたけれど、山下紗江子の態度は変わらなかった。信じられないほどかたくなで、氷山のようだった。

おれは山下紗江子を抱きしめた。柔らかで、自分とはまるで違う体。身をよじる山下紗江子をおとなしくさせようと、普段よりも荒く抱きしめた。気持ちが伝わらないはずはないと信じ込んでいた。おれはこんなにも山下紗江子を必要としていて、愛していて、離れたくないと思っているのだ。こんなにも強い気持ちが、無視されていいはずがなかった。

「もう、やめて」

ひどく冷たい声だった。大げさに言っているのではなく、心からいやがっている様子が伝わってきた。それで思わず、腕の力をゆるめた。ためらうことなく、山下紗江子はおれから離れた。

二人で向き合った。二人とも、肩で息をしていた。おれはさっき泣いたせいで、鼻水をたらしていた。なんて情けないんだ、と思ったけれど、山下紗江子を失ってしまうのにくらべればマシだった。どんなに情けなくても、どんなにかっこ悪くなっても、ここを出て行きたくはなかった。

けれど、おれの思いは通じなかった。

「わたしは、あなたのことを好きだったことなんてない」

山下紗江子は、最後にきっぱりとそう言った。もう何も言えることなんてなかった。最初から何もなかったのだ。

しげちゃんが作ってくれたのは、高菜《たかな》チャーハンだった。うまかった。さすがプロだ。うまい、と繰り返しながら食べていると、しげちゃんが言った。

「そういえば、バロウズについて知りたいんじゃなかったの？」

いや、別に、とおれは言った。しげちゃんは、ならいいけど、とあっさり引き下がった。こういうところも優しさだ。

山下紗江子から、バロウズという作家の本をもらったのは、一緒に住んでいたときのことだ。ある日突然、少し本とか読んだほうがいいんじゃない、これ二冊あるからあげるよ、と渡されたのだ。『おぼえていないときもある』という変な題名だった。

読んでみたけれど、とにかく読みづらいし、意味がわからない。小説なのか、詩なのかもよくわからなかった。山下紗江子は、渡して以降、おれに感想を聞いてきたりすることもなかった。渡したことさえ、忘れていたのかもしれない。

いまだに時々、ページを開いてみることがあるけれど、おれには全然わからない。もしこれがわかるようになったら、山下紗江子の気持ちも少しはわかるのだろうかと頑張ってみるけれど、途中で断念してしまう。きっと一生、わからないままだろう。

おれにはわからないものが多すぎる。できないことが多すぎる。欠けているのを焦燥感にするのではなくて、逃げることでなんとかやってきている。逃げつづけて、その先に何があるかなんてわからない。ただ、楽しそうにしていることしかバカなおれにはできない。

《ありがとう。幸せになってください》

女に残そうとしてやめた置き手紙が、まだポケットに入っていた。今頃女は、おれが部屋から出て行ったことに気づき、うろたえ、混乱しているのだろう。立っていた場所が一瞬で失われ、不安に泣いているのかもしれない。おれの携帯電話は切ってあるけれど、電源を入れれば、何十通ものメールが届いているのだろう。

山下紗江子の気持ちは全然わからないし、バロウズも全然わからない。だけどあれから、わかるようになったこともある。今、女の気持ちを想像して、おれは泣きたいような気持ちになる。

被害者たち

「ねえ、ワタリガニの缶詰出てきたよ。前にひふみがくれたやつ。懐かしいね」

ガスコンロ下のスペースの奥から缶詰を見つけ、台所掃除中のわたしはひふみに心の中で話しかけた。

正確には思い出した、と言うべきなのかもしれない。ここにひふみはいないのだから。ただ、思い出すという言い方はどうしてもそぐわない。今でも彼はいつだってわたしの中にいて、しゃべったり笑ったりかったるそうにしたりしている。あの頃《ころ》と同じ姿で、同じ声で。だからわざわざ思い出す必要がないのだ。

わたしは缶詰を手に取り、しげしげと眺めてみる。インドネシア産だという、青地にカニの写真のようなリアルなイラストが描《か》かれたパッケージ。日付が日本のものとは違う表示方法で書かれた賞味期限はとうに過ぎている。

くれたときのことは、よく記憶している。仕事帰りのひふみが、彼の部屋で待っていたわたしに、はい、と渡してくれたのだ。特に微笑《ほほえ》んだり、楽しそうにしたりする感じでもなくて、わたしが頼んでいたものを買ってきたとでも言うかのようだった。あまりの意外性と、どうリアクションしていいのかわからず、ありがとう、と言って受け取った。ワタリガニ好きなの？と聞くと、別に、と彼は言った。本当に、別に好きではなかったのだろう。

「ワタリガニの缶詰なんてもらったの、多分最初で最後だと思うなあ、一生のうち」

わたしはまたひふみに話しかける。

わたしたちが話すのは、わたしが一人きりのときだ。主に昼間や夕方。家にいるときや、電車に乗っているときや、買い物をしているとき。もちろん実際に声に出すことはない。見知らぬ誰《だれ》かや知っている誰かにおかしいと思われるのはわかっているし、何よりも、声に出すことで何かが失われてしまいそうだから。

たいてい彼は、こっちが投げかけた質問に対して、面倒くさそうな様子を隠すことなく応対する。どっちでもいいだろ、とか、だったらそうすれば、とか。もっとも、わたしが投げかける質問なんて他愛なく、実際にどちらだっていいものばかりなのだ。今日のごはんは麻婆豆腐《マーボーどうふ》と麻婆茄子《なす》のどちらがいいかとか、着ていく服はスカートとパンツのどちらがいいかとか。夫に関することは聞かない。ひふみの話を夫にしないのと同様だ。

夫のみならず、誰が相手であれ、わたしはひふみとの関係を説明することなんてできないと思っている。言葉にしてしまったなら、端から嘘《うそ》になっていきそうだ。嘘じゃなくても、少しずつずれていく。組み立てられた図形は、わたしたちの関係性とは似ても似つかないものになるだろう。オリーブオイルで炒《いた》めたパスタを作ろうとしていたはずが、ごま油で炒めた焼きうどんができあがるといった具合に。

ひふみといた光景を思い出すと、なぜか視点は第三者のものとなる。実際にわたしが見ていたのは彼だけなのに、浮かぶ景色はそうじゃない。わたしと彼が一緒にいるところを、ほんの少し離れたところから見ている。実際にそんなふうに見ていたはずはないのに。記憶の中の二人は、どこかで誰かが撮影したものみたいだ。

もし今、目の前に本物のひふみが現れたのなら、わたしはどうするのだろう、と時々考えてみる。彼はもうあの部屋にはいないだろうけれど、どこかで前と変わらないような感じで生きているはずだ。イヤでイヤで辞めたがってばかりいた仕事を、それでもきっと辞めていなくて、夜になればお酒を飲んで眠る生活を続けているだろう。服にも髪の毛にも、タバコの匂《にお》いを染み込ませたまま。

結婚したことを伝えても、彼は驚かないだろう。少なくとも驚いたような顔は見せない。へえ、と言うだけだ。唇の片端をあげるだけの、苦笑とも違う笑いを浮かべて。その反応は見てきたみたいに想像できるのに、自分が一体どうしようとするのか、そっちのほうがむしろわからなくなる。泣くのか微笑むのか、抱きしめるのか動けなくなるのか。

ひふみと知り合ったのは六年前で、わたしはそのときまだ二十歳《はたち》の大学生だった。彼はわたしの五つ上なので、二十五歳。

そう大きくない出版社で、わたしは二週間限定のバイトをしていた。雑誌で企画された、応募者全員プレゼント発送のための宛名《あてな》入力をパソコンでひたすら行うというものだ。パソコンに向かって、とにかく膨大な量のデータを打ちつづけた。永遠に終わらないのではないかと思えるほどの量だった。

彼はその雑誌のｗｅｂページの制作を担当していた。わたしは彼の向かいで、あいているパソコンを使って作業していた。

バイトの初日に挨拶《あいさつ》をしたときから、ひふみは気になる存在だった。顔が好きな感じだと思った。吊《つ》り目がちの目は細く、鼻筋がすっと通っていて、無駄な要素のない顔だった。うっすらと疲れが滲《にじ》み出ているような、枯れた雰囲気を持っていて、実際の年齢よりも上に見えた。タバコを吸う姿も、さまになっていた。

また、彼の態度にも興味をひかれた。他の社員はみな、時々わたしのところにやってきては、優しく調子を訊《たず》ねたり、若いよね、可愛《かわい》いよね、と大げさにも聞こえるくらいのほめ言葉を連発する。ひふみはまったくそんなことをしなかった。パソコンの画面にエラーメッセージが出たり、住所の記入に不備があったりしたときに、わたしがおそるおそる声をかけると、こちら側にやってきて教えてくれたが、それ以外のときは、わたしなどいないみたいに振る舞っていた。それがかえってよかった。

さらに決定打となったのは、わたしの大きなミスに対する彼の応対だった。自分が入力欄を、途中から一つずつずらして打っていたことに気づいたとき、わたしは息をのみ、思わず動きを止めた。修正するとしたら、かなりの時間をくう。どこまで遡《さかのぼ》ればいいのだろう。

「もしかしてやらかした？」

向かいの席から飛んできたのは、責めるでもからかうでもない、特に感情のこもらない声色だった。はい、とわたしは自分でも小さすぎるように思える声で返事をした。

彼は立ち上がり、こちらへやってきた。モニターを見ただけで、わたしがなぜ凍りついているのかがわかったらしく、これならすぐに直るよ、とキーボードを操作した。実際、言葉どおりに画面の中の氏名と住所の欄は直った。魔法みたいだった。

「ありがとうございます」

わたしのお礼に対して、彼は特に反応しなかった。無視というのではなく、本当に大したことではないのだと思っているようだった。

実際に、ほんの些細《ささい》なミスだったのかもしれない。ただ、わたしにとっては巨大なものだった。それをいとも簡単に消してくれた彼に、わたしは尊敬の念を抱《いだ》いた。

二週間の予定だったバイトは、思いのほかスムーズにすすみ、ちょうど十日の勤務で終わることになった。給料は少し上乗せしておいてくれるとのことだった。

日曜を除き、毎日通っていたオフィスに行かなくなるというのは、思いのほか寂しく、それ以上に、ひふみともう会えなくなってしまうのがつらく思えた。こんなに気になっていたんだ、と自分でも驚いた。

終わる前日に、大学の友人にひふみのことを相談した。

「ごはんとか誘っていいものかな」

わたしが言うと、彼女は言った。

「もちろんいいものです」

その変な言い方に笑い、本当にいいような気がした。

翌日、すべてのデータ入力を終え、編集長に挨拶をしてから、ひふみが一人でいることを確認し、近づいた。

「永田《ながた》さん、お世話になりました」

当時はまだひふみのことを、苗字《みようじ》で呼んでいた。彼はパソコンから顔をあげて、わたしの顔を見ながら、今日までなんだ、おつかれさま、と言った。

「あの、それで、今度もしよかったらでいいんですけど、ごはんとか一緒に行ってもらえませんか。就職のこととか相談させていただきたくて」

周囲に聞こえないよう、少しだけ小声で言った。就職の相談、というのは友人が提案してくれた口実だった。

ひふみはわずかに首をかしげた。おれに、と質問口調で言った。はい、もしご迷惑じゃなければ、とわたしは答えた。ものすごくドキドキしていた。

「別にいいけど、役に立たないと思うよ」

言いながら、デスクの上にあったペンでメモ帳にサラサラと何かを書きつけた。はい、と渡された紙には、彼の電話番号とメールアドレスが記されていた。声をあげたいくらい嬉《うれ》しかった。

「ありがとうございます。よろしくお願いします」

受け取った紙を、すぐにポケットに入れた。入れた部分が光を放っているような気すらしていた。

三日後に、二人きりで会った。職場の人に見られたら面倒だから、ということで、通っていたオフィスからは駅の反対側の出口にあるお店を指定された。別の駅でもいいと言ったけれど、反対側の出口のほうが、かえって職場の人は寄りつかないのだという。

パスタやピザを売りとしているバーだった。わたしたちは二人がけのテーブルに座った。彼はわたしが声をかけてきたことを意外に感じ、不思議がっているらしく、似たような質問を重ねてきた。

「就職なら、他のやつに聞けばいいんじゃないの。っていうか、もう既に聞いてたりするとか？」

わたしが彼だけを誘っていることを、飲み込めていない様子だった。わたしは慣れないアルコールを多くとったこともあり、ひふみに好意がきちんと伝わっていないことがなんだか不条理のように感じられ、口実だった就職の相談もそこそこに言った。

「わたし、永田さんが好きになりそうです。っていうかもう、好きになってるかも」

言ってから、だいぶ酔っぱらっている、と思った。その言葉すらちょっと噛《か》んでいた。

「……びっくりした」

彼は少し赤くなっている顔で言い、笑った。きっとわたしのほうがもっと赤いだろう。彼の笑った顔を真正面からきちんと見たのは初めてかもしれなかった。

「じゃあ、付き合おうか」

真顔に戻って彼は言った。無駄のない自然な言葉だった。雨が降ったから傘をさしましょうとか、避難訓練のときは押さないようにしましょうとか、そうした類《たぐい》の言葉みたいに聞こえた。奇跡みたい、とワインのせいでグルグルする頭で思った。もちろんいいものです、と言った友人の言葉は、神様の導きだったのかもしれない、とすら。

付き合い出してみると、彼には意外な点がたくさんあった。

他人に対してはクールで淡白のように思っていたけれど、わたしの交友関係について訊ねてくることが多かった。はっきりと言葉にするわけではないものの、気にしている様子だった。わたしが男友だちのことを話題にしたときには、苦々しい顔をした。

また、仕事が好きじゃないことも驚きだった。淡々と穏やかにこなしているように見えていたから、生活のためって割り切っている、と言い切る彼は想像していなかった。

思いのほか自分勝手でもあった。わたしが彼の話をきちんと聞いていないと、不機嫌さを隠さない。そのくせわたしが何かを話していても、適当に相槌《あいづち》を打ったりして、真剣に聞こうとしない。ひふみは、見た目よりも、実際の年齢よりも、ずっとずっと幼かった。

本来なら、マイナスに思えてしまうかもしれないそれらの点が、けしてそうはならなかった。むしろ、わたしには本当の姿をさらけ出してくれているのだと思うと、誰に対してのものかわからない優越感すらおぼえて、彼がより愛《いと》しくなった。

わたしよりも年齢がだいぶ上の、とても大人に思える存在の彼が、わたしに甘えたり、だらしないところを見せてくれたりする。そのことに満足していた。

一人暮らしをしていたわたしは、同じように一人暮らしをしていた彼の部屋に泊まることが多くなった。合鍵《あいかぎ》を受け取ったのは生まれて初めてのことで、それにも得意になっていた。

彼が仕事をしている間に、彼の部屋で一人で、掃除をしたり、食事を作ったりしていると、まるで自分がものすごく大人の女のようになったみたいに錯覚できた。大人の恋愛だ、と思った。今までは同い年の学生としか付き合ったことがなかったので、余計にそう思った。

彼の帰宅はたいてい深夜だった。わたしが作った料理を食べ、お風呂《ふろ》に入り、時々セックスをして一緒に眠る。わたしが彼の生活の一部になっていくことが、彼がわたしの生活の一部になっていくことが、嬉しくて楽しかった。

大学で授業を受けていても、友人と会っていても、登録制の短期バイトをしていても、わたしは常にひふみに所属していた。ふとした言葉や音楽にひふみを思い出し、彼もまたわたしを思い出すときがあるのだろうことに満足していた。彼が嬉しければわたしも嬉しく、彼がつらそうなときはわたしもつらかった。

もっともっと境目がわからなくなればいいのに、と思っていた。感情も体も、全部一つの同じものだったならどんなにいいだろう、と奇妙な願望を抱いた。

彼の現在はもちろん、見ることのできない過去も全部共有したかったし、こっちの過去も共有してほしいと思った。さらに未来も。わたしは彼に依存していき、彼がわたしに依存してくれることを求めていた。気づかない部分でも。

初めてひふみが手をあげてきたのは、付き合ってから半年ほど経《た》った頃だった。彼の表情や、テーブルの上に置かれていたペットボトルのお茶のメーカーなどの、細かい部分は鮮明で、それ以外の、たとえば落ち着いてから自分がどうしたのかとかそういった記憶は途切れている。

ただ、叩《たた》かれた部分は、こんなにも熱を帯びるのだな、と思ったことは記憶している。頬《ほお》だった。痛さよりも熱さが強かった。夏で暑かったこともあり、彼がコンビニで買ってきた冷却ジェルシートが、貼《は》ってからあっというまに冷たさを失っていった。

ひふみはずっと眉間《みけん》に皺《しわ》を寄せていて、唇をきゅっと結んでいた。でもそれは怒りじゃなくて、不安を隠したがっている表情に見えた。彼は謝ったりはしなかった。ただ時々、大丈夫か、と言った。そのたびに、うん、とわたしは答えた。

彼の部屋は静かだった。外のどこかで虫が鳴いているのが聞こえた。黙ったまま、冷却ジェルシートを顔に貼りつけていると、親父《おやじ》にもぶたれたことないのに、というガンダムの有名なセリフを思い出して、少し笑いそうになった。ちっとも笑うような場面じゃないし、そもそもガンダムをちゃんと見たこともないのに。

ずっと黙って二人でいると、わたしは泣けてきた。気持ちがたかぶってというよりも、汗みたいに涙が流れた。

叩かれたのだ、とは思えなかった。れた、という言い方はひどく一方的で、わたしたちの場合には当てはまらない気がした。どちらかがどちらかに何かをしたのではなく、共同作業に近かった。そしてそれは、二人とも望んだものではなかった。

きっかけは、わたしが嘘をついたことにあった。大学の友人たちと飲みに行くということを伝える際に、女友だちの名前だけを伝えた。正直に男友だちの名前を出したなら、明らかに不機嫌になられてしまいそうで、恐れていた。

楽しい飲み会を終え、終電に乗ってひふみの部屋に向かった。彼は毎晩そうであるようにビールを飲んでいて、灰皿には吸殻がたまっていた。

部屋に着いてすぐに、男友だちの一人から着信があった。普段、わたしはひふみといるときには携帯電話の着信音を消しているが、それを忘れていたのだ。うかつだった。表示される男友だちの名前を見て、まずいと思ったけれど、鳴っている電話に出ないことはかえって不自然だった。

おれのライター見つからないんだけど、間違ってそっちの荷物に入ってたりしないかな、という内容だった。既に他の子にも聞いているような口ぶりだった。言われて、バッグの中身を確認したけれど、入ってはいなかった。それを伝えると、彼女にもらったやつなんだよな、やばいなー、と全然やばそうではない、どこか楽しそうな口調で男友だちは言った。わたしは相手に気づかれないよう適当に話を切り上げ、通話を終えた。

短い時間だった。

話している間、わたしはひふみから少し離れ、なるべく相手の声が彼の耳に届かないように気をつけていた。相槌や応答も、女友だちに話すときと変わらないよう心がけた。ただ、ひふみの視線がずっとわたしに向けられているのは背中で感じていた。突き刺さっているみたいだった。

通話を終え、緊張しながら振り返ると、彼はもうこっちを見ていなかった。意外にも穏やかな表情をしていた。あれ、とわたしは拍子抜けしながら、彼のそばに戻った。ごめんね、と言って。

「電話、男だったみたいだけど」

彼の声のトーンはいつもより優しく、それがかえって怖かった。やっぱり聞こえていたのか。

わたしは謝った。嘘を重ねる発想はなかった。ただ、女友だちが一緒にいたのは事実であり、男友だちと二人きりなどではなかったことや、男友だちに対して何か特別な感情を抱いたことや抱きそうになったことはまったくないということを正直に付け加えた。

ひふみは黙って話を聞いていた。悲しみも怒りもうかがえない、特別な感情を浮かべていない表情で。わたしが話し終えたときに、彼は言った。

「でも、結局嘘ついたんだよね」

静かで短い非難の言葉だった。わたしは無言でうつむいた。次の瞬間、彼の手のひらが頬に当たった。

最初は何が起きたのかわからず、わかったときには、ひふみはもう眉間に皺を寄せていた。わたしは多分、口を少し開けて驚いた顔をしていただろう。よくわからないのに、熱さだけは生々しくて、ほんのちょっとしびれるような感覚があった。

冷却ジェルシートを貼りかえてから、わたしはひふみと一緒に布団に入った。とはいえ、眠りはちっとも訪れなかった。短い眠りが断続的に来ては、すぐに去った。ひふみは昨夜と変わらずに小さないびきをかいて眠っていた。すっかり体温と同じ温度になっている冷却ジェルシート越しに、叩かれた部分に手を触れてみた。押すと鈍く痛む。

真っ暗な空間で目が少しずつ馴染《なじ》んでいくと、形だけがぼんやりとわかる電灯を見つめた。

静かに布団を出てトイレに立ち、戻ってきても、ひふみはいびきをかいていた。起こしてしまわなくてよかった、と思った一方で、彼のことがとても遠い存在みたいに感じられた。付き合いだしてから、初めて感じた思いだった。

全力をこめて叩いたわけではなかったのだろうけれど、朝になってもわたしの頬は腫《は》れていた。気をつけてよく見てみれば赤くなっている、という程度のものではあったけれど。

シートをはがし、洗面台で顔を洗っているときに気づいて、苦々しい気持ちになった。自分の痛みよりも、はっきりと目に見える形になって残っていることが、ひふみを悲しませてしまうのではないかと思った。とりあえず、今日が日曜日であることに安心した。ファンデーションを濃いめに塗ればカバーできるだろうけれど、大学の友人たちに気づかれるようなことがあっては困る。

わたしは、友人たちと飲みながら話していた内容を思い出した。誰からともなく好みの異性のタイプについての話になり、話しているうちにいつのまにか、許せない男性のタイプについてに転じていた。

浮気癖や借金癖よりも、暴力が一番いやだ、というのがわたしの意見で、同意する友人も多かった。浮気も借金ももちろん好ましいはずがないけれど、自分に危害を加えようとするなんて、それはむしろ恋人じゃなくて敵ではないか、という結論に落ち着いていた。浮気は一回目は許しちゃうかもしれないけど、暴力なら一回目でもう別れるよね、などとわたしは言った。いや、浮気も一回目でもうだめでしょ、と否定する友人たちもいたけれど、その場にいた全員が、暴力は確かに一回でも別れを考えるよね、と確かめ合うみたいに言っていた。

本気で思って、本気で言った意見だったし、断じて嘘ではなかった。ただ、ここでひふみに別れを切り出そうとはまるで思えなかった。

彼はわたしを叩いたことにはまったく触れなかった。頬の赤みだって見えているはずなのに、何も言わなかった。いつもと同じような平和な日曜日だった。

それでも、お昼ごはんをどうしようかという話になったときに、ピザでもとるか、と言ったのは、きっとわたしのことを気にしてだろうと思った。それまで宅配サービスを利用したことはなかったから。家で自炊するために買い出しに行くのも、外食するのも、やめておこうと思ったのだろう。わたしは、配慮には気づかないように、ただ純粋に提案に賛成するようなふりをした。

シーフード、クリームチーズと生ハム、バジルソース、トマトソース。頼んだピザは、四種類が一枚になったものだった。宅配ピザを食べるのなんて、ずいぶん久しぶりのことだ。

ピザを取るときに、向かい側から同じように手を伸ばしてきたひふみと、手がぶつかった。あ、ごめん、と反射的に言葉が出る。ひふみは、伸ばした手を自分の体に引き戻してから、わたしの顔を見て、ごめんな、と言った。

彼が謝っているのは昨夜のことなんだ、とすぐにわかった。胸が締めつけられるようだった。叩いたのは彼じゃなくて、わたしのような気がした。

ごめんね、と軽く言って食べたピザは、何の味なのかよくわからなくなってしまった。まるで気にしていないふうに、普通の顔をして食べた。

知り合ったときのことを思い出していた。こんなふうに向かい合っていたわたしたちの間には、ピザじゃなくてパソコンがあって、お互いの顔は見えなかった。わたしがミスをしたときに助けてくれたひふみ。今、ひふみはわたしを助けられないし、わたしはひふみを助けてあげられない。

チラシに二人～三人用と書かれた小さめのサイズを頼んだのに、二ピース食べると、それだけでお腹がいっぱいになった。ひふみも同じだった。半分残って、冷めたピザはその日の夜に食べた。もうこの先二人で宅配ピザを食べることはないんじゃないかな、となんとなく思った。きっと頼むたびに、薄暗いものがよぎってしまうだろうから、と。

宅配ピザに関する予想は、半分は当たっていたし、半分ははずれていた。宅配ピザを頼むたびによぎるものはあったし、一方で、宅配ピザを何度も二人で食べた。たいていは、ひふみがわたしにあたった日の夜や翌日に。

二度目は、一度目から二ヶ月ほど経ってからで、記憶も薄れつつある頃だった。ひふみは以前にも増して忙しく働いていた。泊まり込みで仕事をすることもあった。

わたしはわたしで、就職活動に取り組もうとしている時期で、学内ではセミナーなども開催されていた。リクルートスーツや靴を買い揃《そろ》え、いくつかの企業の資料なども取り寄せた。ひふみの部屋に行かない日も増えていた。

その日はひふみが珍しく仕事が早くあがれそうだと言うので、彼の部屋で一緒に夕食をとる約束をしていた。わたしがラザニアを作ることになっていた。彼と付き合いだしてから、料理本を買い込んだり、レシピをインターネットで調べてみたりすることも多くなっていて、少しずつではあるものの料理の腕は上達していた。そのことにわたしはちょっとはしゃいでいた。彼がいることで自分が変わっていくのを得意に思っていた。

授業が最後の六限までで、さらにその後、グループ発表の打ち合わせがあったことから、ひふみの部屋に着くのが予定よりも遅くなった。ミートソースとホワイトソースは、タッパーに入れて家から持参していたものの、付け合わせのサラダやスープを作っていると、もう彼の帰宅が近い時間になっていた。

あとはラザニアをオーブンに入れて焼くだけ、という状態になっていた。焼きたての時間と帰宅時間を合わせたかったので、メールを待った。ひふみはいつも、会社を出る頃にメールをくれる。会社から自宅までは歩く時間も含めて三十分くらい。メールをもらって少ししてから焼き始めれば、ちょうどいい仕上がりになるはずだった。

ところがわたしの携帯電話を鳴らしたのは、ひふみからのメールではなく、さっきまで一緒にグループ発表の打ち合わせをしていた友人からの電話だった。

内容は、グループ発表のことに始まり、お互いの就職活動の展望、友人の彼氏に対する不満についてなどだった。時々ひふみのことが頭をよぎったが、話し込む友人をむげにもできず、わたしは通話をつづけていた。

玄関の鍵が開けられる音がして、体がビクッとした。ドアを開けて入ってきたひふみは、わたしを見なかった。怒っている、と思った。なんとか友人との話を切り上げ、通話を終えた。携帯電話の画面は、ひふみからのメールが届いていることを知らせていた。

「ごめんなさい、今から焼くね。ほんとごめんなさい」

急いで立ち上がり、台所に行ったが、ひふみの動きはさらに素早かった。カウンターの上に置いてあった、焼く前のラザニアのお皿を手に取ると、お皿の中身をそのまま近くのゴミ箱に入れた。あっというまのことだった。

「ひどい」

ようやく冷静になったわたしが、言葉を取り戻してそう言うと、ひふみはこちらを見た。その日初めて彼がわたしを見た瞬間だった。

「ひどいのはそっちだろ」

言うなり、彼はわたしの髪をつかみ、引っ張った。ものすごく痛かった。痛い、と声が出た。ひふみは力をゆるめることなく、わたしはその場に倒れ込んだ。ぶちっ、という音がして、髪の毛が抜けたのを知った。音がしなかったとしても、感覚でわかっただろう。

「約束を破ったのはどっちだよ」

彼はわたしの腰のあたりを踏みつけた。加減はしていたのだろうが、それでも充分に痛かった。台所の床はひんやりとしていた。わたしは泣き出した。痛かったし、怖かった。横になったまま泣くと、涙は変な方向に流れていく。だらしなく流れる涙や鼻水が頬をつたい、口にも入り、床にたれていく。

何度か踏まれ、そのたびにわたしは、痛い、と声をあげて身をよじらせた。鼻がつまり、呼吸が苦しくなっていく。数回目に踏まれたとき、ごめんなさい、と声をあげた。涙と鼻水のせいで、自分で聞いても耳障りなひどい声だった。わたしは完全におびえていた。

うわあああああ、と言ったのが彼のほうだとは思わなかった。そんな勘違いをするはずはないのに、自分だと思った。どちらにしても同じことだった。彼はその場で膝《ひざ》をついて座り込んだ。

わたしはゆっくりと起き上がった。自分の体がひどく重たく感じられる。頭も腰も痛むまま、泣いているような、低いうなり声をあげているひふみをそっと包むように抱きしめた。

「ごめん、ごめん、ごめん、ごめん」

彼の口からは、同じ言葉が小声で繰り返されていた。ごめんなさい、ごめんなさい、とわたしも言った。

わたしたちは二人とも被害者だった。少なくともここに加害者は存在していなかった。頭の痛みも腰の痛みも、胸の痛みにくらべれば耐えられるものだった。心が引きちぎられてしまいそうだった。ただひたすらに、ひふみの背中をさすりつづけた。大丈夫、大丈夫、と心の中で繰り返したのが、ひふみに向けてのものなのか、自分に向けてのものなのか、わたしにはもう区別することができなかった。

三度目以降を、はっきりとは憶《おぼ》えていないし、もう数えられない。頰を叩かれたのは一度目だけで、それ以降はなかった。跡が残るのを恐れたのだろうか。髪を引っ張られたり、突き飛ばされたりすることが多かった。

怖かったのに、離れられなかった。置き去りにすることは、痛くされることよりも、ずっとずっと恐怖だった。ひふみの行為は無差別なものじゃない。彼を傷つけたり悲しませたりするわたしに理由があった。そうさせてしまう自分を憎んだ。

宅配ピザはいつだって味がしなかった。ピザの問題ではなく自分の問題だとわかっていた。

ある日、初めて首を絞められた。ほんのわずかの時間だったはずだけれど、体感としてはとても長かった。両手を離されてからも、しばらく呼吸がうまくできなかった。唾《だ》液《えき》を飲み込むこともままならず、口の端からは泡が出るのがわかったけれど、自分でどうすることもできなかった。体の震えが止まらなかった。

わたしの異様さに、ひふみはわたし以上に戸惑い、おびえていた。大丈夫、と言おうとしたのに、息が途切れ途切れになって、声を出すこともままならない。

このまま死ぬのかもしれない、と思った。予想より確信に近かった。このままここで死ぬのだ。

怖いとは思わなかった。ただ悲しかった。ひふみがうなり声をあげている。背中をさすってあげなくてはいけないのに、自分の体が自分のものじゃないみたいに、コントロールできない。ただ背中をさすってあげたかった。抱きしめてあげたかった。大丈夫と言ってあげたかった。わたしは何もできなくて、ひふみを苦しませるだけの存在となっていた。どこにも行けず、何にもなれなかった。

わたしは結局死なずに、今ここでこうしている。ひふみの知らない人と結婚して、ひふみの知らない家で暮らして、ひふみの知らない台所で掃除をしている。

あれから宅配ピザを一度も食べていないし、ラザニアを一度も作っていない。いつか食べたいと思えるのかもわからない。

ワタリガニの缶詰は、わたしの首を絞めた翌日に、スーパーでひふみが買ってきたものだ。

はい、と言って缶詰を渡してくれたひふみが、どんなことを思っていたのか本当のところはわからない。ただ、そんな意味のないものを買ってよこす心境は、そのときなんとなく想像できた。だから、ありがとう、と言って受け取ったのだ。ちっとも欲しくもない、彼だって欲しくなさそうにしている、そのワタリガニの缶詰を。

缶詰をもらって少ししてから、親戚《しんせき》に不幸があり、久しぶりに帰省した。地元は田舎なので、同級生の友人たちは、ほとんどが別の都市で進学や就職をしている。家族や親戚と会うだけの一週間だった。

ある日の朝、実家の洗面台で、顔を洗っていたわたしは、鏡に映る自分の姿に本当に驚いた。

明らかにげっそりしていた。頬がこけ、目の下には隈《くま》ができている。

家族や親戚に、痩《や》せたんじゃないの、と心配されるたびに否定していたし、むしろそんな心配を過剰に感じていたけれど、当然だったと知った。

東京の自分の部屋でも、ひふみの部屋でも、鏡を見ることは当然あった。家の中に限らず、外でだって。それでも何も思わなかったのは、きっともう、その中に溶け込んでいたからだ。こうして慣れ親しんだ景色の中で見る自分は、かつて慣れ親しんでいた姿と、まるで異なっていた。歯磨き粉も、洗顔料も、タオルも、鏡に映るあらゆるものがほとんど変わらない中で、わたしの姿だけが、異質だった。

もう、会わないほうがいいのかもしれない。

わたしは思った。すんなりとそんなふうに思えたことが不思議だった。今まで考えたことはあっても、思いが形になる前に、それを打ち消していた。考えながら、ひふみがわたしを殴るときの様子を思い出し、震えた。ひふみを理解してあげられなかったり、傷つけてしまったりする怖さにではなく、暴力そのものの怖さに。

そのまま地元の携帯電話ショップに行き、携帯電話の番号とアドレスを変え、東京に戻ってからも、彼に会いに行かなかった。

ひふみのいない生活は悲しさと暗さに満ちていて、それでいてとても安らかだった。そのことに絶望した。

わたしは毎日を健やかに過ごすよう心がけた。就職活動をし、大学に行き、友人たちと会い、バイトをして、夜になると眠った。時々ひふみの夢を見た。夢だけは、見ないようにしたくてもどうしようもできない。彼は夢の中でいつも悲しげな表情をしていた。ひふみに偶然会ったらどうしようと毎日のように考えていたのに、そんな偶然は訪れないまま、わたしは大学を卒業し、就職した。

職場の先輩である人と結婚したのは二年前のことだ。夫はいつも優しい。怒りの感情をどこかに置き忘れたのではないかというくらい穏やかな人だ。わたしたちはめったにケンカをしない。わたしは結婚して、会社を辞めた。

先月、わたしは二十六歳になった。わたしと知り合ったときのひふみの年齢を超えた。

ものすごく大人だと感じていた二十五歳という年齢が、ちっともそんなものではなかったと気づいて、あの頃のひふみにもう一度会いたくなった。

缶詰をまた、置いてあった場所に戻す。

「缶詰、もう期限切れてるんだけど、火を通してパスタソースにすれば使えるかな」

「捨てればいいだろ」

「でもせっかくひふみが買ってくれたのに」

「そんなのまた買えるって。何年も過ぎてるんだろ。やめとけよ」

わたしはひふみと話しながら台所掃除を続ける。

あの頃の天使

部屋というのはどうしてこんなにも、いつのまにか汚くなっているもんなのか。おれがいない間に、誰《だれ》かがやって来て、部屋の中のものを散乱させているんじゃないだろうか。そして珍しく掃除する気になるのは、決まって勉強しているときなのはなんでなのか。もしかして誰かの陰謀じゃないのか。

高校三年の春と夏の間。自分が受験生だなんて信じられないというより信じたくない。こないだの模試の判定もボロボロだった。三者面談で担任は、明らかに言葉を詰まらせていた。

もう何もしたくない。今、目の前に、世界全部がめちゃくちゃになるというボタンがあったなら、押してしまう気がする。もうどうだっていいし、考える気力も起きない。

せめて部屋の片付けくらいしよう、と百回くらい思ったことを、ようやく行動に移しはじめる。

シャツ、ジーンズ、ティッシュ、参考書、ノート、Tシャツ、Tシャツ、下着、漫画雑誌、ＤＶＤ、下着、ティッシュ、ペットボトル、サンドイッチの袋。

散らばっているものをひたすら拾い、仕分けていく。Ｔシャツと下着が多い。一万円札なんかがひょっこり現れてくれてもよさそうなもんだけど、なくしたおぼえのないものが出てくるはずもない。

しばらく見ていなかった、部屋のフローリングが現れてからは、変なふうにテンションが上がってきて、片付けるのが楽しくなってきた。深夜二時という時間も関係しているかもしれない。掃除機もかけたいところだけど、さすがにそれは控えた。こんなことで親や姉貴に怒られるのはバカバカしい。

床が一面見えるようになっても、全然眠る気にはなれず、かといってはかどらない勉強に戻る気にもなれず、おれの片付けに対する欲求は高まったままだった。そのままの勢いとエネルギーを、何ヶ月ぶりだか、何年ぶりだかもわからない押入れの片付けに向けることとする。

押入れは部屋以上に手ごわく、小学生のときに使ってたノートとか、もう二度とやらないように思えるゲームソフトとか、とにかくもう突っ込んでおいただけのものがごろんごろん溢《あふ》れ出てきた。おれの勢いはどんどん削《そ》がれ、ああもう無理だ、シャワー浴びて寝よう、押入れはそのまま物を突っ込むスペースだ、と決めかけたところで、ものすごいものを発見してしまった。一万円札よりも、ずっと価値のある、それでいてやばいもの。

三年前にもらった白いたまごっち。

たまごっちというキャラクターを育てる、キーチェーンが付いたゲーム機だ。育て方によって、キャラクターの種類が変化する。当時、学校内のほとんどの女子がやっていた。授業中でもばれないようにこっそりとボタンを押して世話をして、死んだときには本気でへこんでいた。

こんなところにあったのか、と思った。画面を取り囲むように、青で描《か》かれた模様とキャラクターイラスト。うあああああ、と叫び出したくなる気持ちをこらえて、三つ並んだうちの一つのボタンを押してみる。しばらく待つが、つかない。何度か別のボタンを押しては待ったりしてみたものの、暗い画面に変化はなかった。

そりゃあそうだよな、と思いながら、あきらめきれずに裏面を見た。電池カバー部分を開くには、ドライバーを使う必要があった。確か片付けている最中に見かけたはず、と思いながら引き出しをあさるとドライバーセットが出てきた。カバーを開けると、ボタン電池が入っている。

電池換えればいけるんじゃないだろうか。

おれの頭に、シンプルな発想が生まれる。シンプルだけど、画期的だ。それだ、それしかない。

居間に行き、テレビ台の下から二番目の引き出しを開けた。電池はここに入っているはずだ。はやる気持ちをおさえて、引き出しの中を探る。が、中から出てくるのは、単三や単四の、細長い見慣れた電池ばかりで、ボタン電池はなかった。今からチャリをぶっとばして、近所のコンビニに行く。思いつきも決断も早かった。帰ってきて、再びたまごっちに命が吹き込まれるのだと思うと浮かれてしまう。たまごっちを指でなぞってみた。

西澤《にしざわ》のことなら、いつだっていくらだって思い出せる。西澤と出会ったときは、おれはもっとキラキラしていたし、こんな散らかった部屋で、志望大学の合格率判定の低さにぼんやりとショックを受けているような、そんなやつじゃなかった。中学一年生のときの出会い、あれから五年。

夏休みが明けて少し。いつものように登校すると、教室がやけに騒がしい。なぜかはすぐにわかった。転校生がやってくるのだという。転校生が現れるなんて、初めてのことだ。

夏休み中、部活で学校に来ていたときに、職員室でその転校生をいち早く見かけたという女子がいて、そいつの周囲にみんなが集まり、いろいろな質問をぶつけている。普段はそんなに人気のある女子でもないけど、この状況は間違いなくスターだ。

「ほんとにうちのクラスなの？」

「だと思うよ。だって、うちの担任と話してたもん」

「女子なんでしょ。可愛《かわい》かったの？」

「色白で、まあまあ可愛かった。ちょっとぽっちゃりしてたかも」

「なんか話したの？」

「遠くから見ただけ。でも声は小さかったよ」

目撃者となった女子は得意げだ。時にはもったいぶるような様子も見せながら、ひとつひとつの質問に答えていった。ヒーローインタビューに答えるプロ野球選手みたいに。調子に乗ってるなあ、とおれは思う。

単なる噂《うわさ》じゃねえの、と思ったけど、新たな机と椅子《いす》が用意されているので、どうやら本当らしい。

「どうでもいいよな」

おれは近くにいた友だちに向かって言う。

「転校生だろ。どうせ可愛くないよ」

「だよな。しかも女子ってなあ」

男子でおもしろい転校生だったらいいのに。女子はうるさいし、すぐ怒るし、めんどくさい。全然仲良くなれそうにない。つまんないことで騒ぎ立ててるのもださい。

いつもなら時間どおりに朝のホームルームに現れる担任は、十分ほど遅れて教室にやってきた。担任の後ろには、見慣れない女子がいる。やっぱり本当だったんだ、と思った。クラス中の視線がその子に集まった。小声で話してるやつも結構いる。

「えー、転校生を紹介します」

担任が、西澤淑子、と黒板に文字を書くのを、思わず真剣に見てしまう。慌てて周囲を見ると、みんな同じ様子だった。まるでそれが、自分の人生を変える発表だというくらいの真剣さ。漢字の横には、にしざわよしこ、とひらがなで読みがなが振られた。

「じゃあ、みんなに挨拶《あいさつ》を」

先生に言われた転校生は、誰が見てもわかるくらい、明らかに緊張している。きっと普段は白いのだろうと思われる頰《ほお》が紅潮し、はじめまして、と言った声は小さく、わずかに震えていた。両手をそれぞれ体の横でぎゅっと握りしめている。

まあまあ可愛いと目撃した女子が言ってたけど、可愛いっていうより、小動物っぽい感じだ。

「はじめまして、西澤淑子です。よろしくお願いします」

これ以上ないくらいのシンプルな自己紹介の言葉。教室のそこかしこでひそひそと話が始まる。担任が制した。

「静かに。西澤さんは後ろのあいてる席に」

用意されていた机と椅子は、やはり転校生のためのものだった。おれの三列隣だ。再び教室にひそひそとざわめきが広がる。

転校生が歩く姿を、横目で窺《うかが》っていた。小柄だった。さっきの噂ではぽっちゃりとか言ってたけど、全然そんなことはない。ただ、細い体にくらべて顔は丸い。それに、目も。

他の女子と同じ、うちの学校のセーラー服を着ていて、特別変わった着こなしをしているわけでもないのに、別の制服を着ているように見える。

担任が教室を去っていく。それを待っていたみたいに、女子たちが転校生のもとへと集まっていく。

「はりきりすぎだよな、女子」

「ほんとだよな」

近くに座っている友だちと、そんなふうに言い合った。はっきり言ってうるさい。聞こえてくるのは、女子たちの矢継ぎ早な質問ばかりで、答えのほうは全然聞こえない。

放課後になるまで、というか放課後になっても、転校生の周囲は、常に女子数名が取り巻いていた。

サッカー部の練習を終えて家に帰ると、おかえり、と言ってきた母親から、意外な言葉が飛び出た。

「今日、転校生来たでしょ。淑子ちゃん」

おれはものすごく驚いた。エスパーか、と思った。それからすぐに、きっと誰か同級生の親に聞いたのだろうな、と思い直した。ところが、同級生の親とはいっても、母親の情報源は、意外なところだった。

「淑子ちゃんのお母さんに聞いたの。二組だって言うから、じゃあうちの息子と同じだわー、って話してたのよ」

「西澤のお母さん？」

おれは聞き返した。まだ本人にも名前を呼びかけたことはなかったのに。

「そうそう。今日、角のところで近所の人たちと話してたら、淑子ちゃんのお母さんが、引っ越してきた者です、ってご挨拶に来て、ちょっと話したのよ」

確かに近所の主婦たちが集まって、よく話している四つ角がある。あそこを通りかかるたびに、名前を呼ばれたり、大きくなったわねえ、とか言われるのがうざったい。

「西澤さんとこ、お父さんが銀行で。ほら、近くに社宅あるでしょう。お米屋さんの前の道を曲がったところ。あそこに引っ越してきたのよ」

母親の言うとおり、うちの近所には銀行の社宅がある。歩いて三分くらいの場所だ。敷地内に入ったことはないけど、学校の行き帰りには必ず前を通る。西澤はあそこに住んでいるのか。別に何の関係もないけど。

「お母さん、仲良くしてあげてねって言ってたわよ。淑子ちゃん、可愛い子だった？」

母親がなんだかニヤニヤしながら聞いてくるのにイライラした。普通じゃねえの、と言いながら部屋に戻る。西澤のお母さんも、おれのことを西澤に話したりしてるんだろうか。

話を聞いたところで、翌日からも、学校でおれたちが口を利くようなことはほとんどなかった。西澤は思ったよりもずっと早く、クラスに馴染《なじ》んでいくようだった。いつもニコニコと笑っている。いつのまにかよっしーというあだ名まで付いていた。西澤を女子たちが取り巻いているようだった構図も、普通にみんなが横に並んでいる構図に変わっていった。

転校生は話題になりやすい。おれはしょっちゅう、サッカー部で他のクラスのやつから西澤のことを質問された。そのたびに、よく知らない、と答えた。母親同士が知り合いらしいということは、特に言うつもりはなかった。しつこく聞かれるのは面倒だったからだ。

聞いてくるやつらも、毎日のおれの返答に、なんら変化の色がないのを見て、そのうち質問してくることはなくなった。西澤は少しずつ、特別じゃなくなって、学校に溶け込んでいった。

変化があったのは、ある土曜日だ。授業はなかったけど、おれはサッカー部の練習があって学校に行った。朝からの練習はいつものように、準備運動に始まり、ランニングや腿《もも》上げ運動、前屈や後屈であっというまに時間が過ぎていく。

一年生はボールに全然触れさせてもらえない。最後のほうに一人十本のシュート練習があるだけで、ほとんど蚊帳《かや》の外だ。夏休み明けからは少しずつ変わってくるという噂だったが、実際に何か練習内容が変わってくる様子はなくて、毎日の練習もより苦痛になりつつある。最近ではちらほらと退部するやつも出てきた。

ウンザリした気持ちを抱えつつ家に帰ると、玄関に見慣れない靴がある。しかも二足。一瞬、母親と姉貴が新しい靴を買ったのかとも思った。けど、新品というわけではなさそうだ。あら、帰ってきたみたい、という母親の声が聞こえてくる。どうやらお客さんがいるらしい。

「ただいま」

不機嫌さを拭《ぬぐ》いきれないまま、玄関から居間に入ったおれは、そこにいる母親以外の二人の姿を見て驚いた。

「こんにちは。お邪魔してます」

「こんにちは」

西澤と、西澤のお母さんらしき人がいた。チェックのワンピースを着ている西澤は、いつもはおろしている肩までの髪をまとめていて、そのせいか、違う人に見える。

「ぼうっとしてないで、早く着替えてきなさい。また汚れてきて」

母親の声で我に返った。生返事をして部屋に向かう。

「もう、ほんとに落ち着きがないし、だらしなくて。淑子ちゃんは大人っぽいのにねえ」

好き勝手言ってるのを背中で聞く。うるさいなあ、とは言い返さなかった。

でも、なんでいるんだよ。

土のついたユニフォームから、Tシャツとジーンズに着替え、しぶしぶ居間に戻る。腹も減っている。めしないの、と母親に言おうとしたのに、女の人のほうが先に話しかけてきた。

「突然お邪魔しちゃってごめんなさいね。淑子がいつもお世話になってます」

女の人はやはり、西澤のお母さんのようだ。よく見ると、なんとなく似ている気がする。色の白さとか、目の丸さとか。なんて答えていいかわからなくて、ちょっとだけ頭を下げた。全然よー、逆にこっちが迷惑かけちゃって、と代わりに母親が言う。

「古川《ふるかわ》くんの家、ほんとに近所なんだね。お母さんから聞いてたけど、こんなに近いと思わなくてびっくりしちゃった」

西澤はおれを見ながら楽しそうに言う。おれたちが、こんなふうに向かい合って話すのは、初めてのはずなのに、ちっともそんなふうじゃない言い方だ。西澤の声は、学校で話しているときよりも、少しだけ大きく明るく聞こえた。

ああ、とおれはよくわからない相槌《あいづち》っぽいものを発した。どんなふうに話していいのかよくわからない。

母親がせわしく昼食の準備を始める。おれが帰ってくるのを待っていたらしい。ミートソースパスタやポテトサラダやチーズオムレツがテーブルに並んでいく。みんなでそろって食べた。毎日学校で一緒に給食をとっているのに、やけに気恥ずかしい。西澤は、おいしいです、とニコニコしながら嬉《うれ》しそうに食べている。いつも姉貴が座っている椅子に西澤が座っているという光景が見慣れない。

食後のデザートとして、西澤のお母さんが持ってきてくれたというケーキもあった。普段、高いからめったに買ってもらえない店のものだった。

「うまい」

おれは思わず、チョコの入ったケーキを食べながら言った。

「お母さんの料理には何も言わないくせに」

母親が言い、西澤と西澤のお母さんが笑う。

西澤は、学校にいるときよりもリラックスしているように見えた。自分のお母さんに何か小声で言っては、クスクス笑ったりする。初めて見る姿だった。

ケーキを食べ終えたら、自分の部屋に戻ろうと思っていたのに、タイミングを逃してしまい、そのままテーブルに残って、みんなで話した。といっても話はほとんど、うちの母親と、西澤のお母さんの間で進んでいく。西澤家がここに来るまでにどこに住んでいたかとか、あそこのスーパーの鮮魚コーナーはあんまりオススメできないとか、うちの姉貴のこととか。

「お姉さんと古川くんって仲いいの？」

「転校したことってある？」

「もし今から引っ越すならどの都道府県がいい？」

西澤からは時々おれに向けた質問が飛んでくる。いつも突然だし、予想外のものばかりで、相槌を打つくらいのことしかできない。

それでもおれが答えるたびに、西澤はたくさん笑って、満足そうにする。ふふふ、と声をあげて。こいつってやっぱり可愛いほうなのかもな、と思った。笑っているところが特に。私服姿を初めて見たせいかもしれない。

他愛もない話の途中で、ふと気づいたように西澤が言う。今度はおれにじゃなくて、おれの母親に。

「今日って、お姉さんはお出かけしてるんですか」

「そうなの。友だちと出かけてるみたいで」

答えに、西澤が明らかに残念そうな表情を浮かべる。言い訳するかのように言葉を足した。

「わたし、一人っ子だから、お姉さんに憧《あこが》れてて」

一人っ子なのか。納得できる気がした。親に大切に育てられてきた、そんな感じがする。周囲にも、大切にしなきゃいけないと思わせるような、柔らかい果物みたいな。

しばらくしてから二人は帰っていった。玄関のドアを閉めるなり、母親が、嬉しそうに言う。

「淑子ちゃん可愛い子ね」

「そうかなあ」

おれの答えに、母親はニヤリとする。なんだか腹立たしい。

月曜になって、学校に向かっているとき、ちょっと緊張していた。西澤が何か言い出したりするんじゃないかと思ったから。冷やかされたりからかわれたりすることになったらめんどくさい。

深呼吸してから教室に入る。既に西澤は女子同士でつるんでいたけど、態度になんら変化はない。こっちを気にかける様子もなかった。どこからどう見ても、いつもどおりだ。

おれの家で、ささいなことに笑い、自分のお母さんと楽しそうにしたりしていた西澤の顔が浮かぶ。いつもどおりにしてくれてよかったと思うのに、心のどこかが締めつけられる。寂しさ、という言葉が近いけれど、どうしてそんなことを思わなきゃいけないのか。

でも、担任がやって来て、みんなが席につくとき、偶然目が合った西澤が微笑《ほほえ》んだので、すごく驚いた。勘違いじゃなくて、おれにだけ向けられた小さな微笑み。ともすれば見逃してしまいそうなほど一瞬の。

共犯者、という単語が胸をよぎる。秘密を共有しているのだということを、西澤の微笑みは示している。多分。

それからも時々、西澤とお母さんはうちにやって来た。そのたびに四人で、たまには姉貴も入って五人で、ごはんを食べたりケーキを食べたりした。

帰ってきて、玄関にいかにも女子が履くような靴があると、お、と思う。なんだか嬉しくなっている自分がくやしくもある。

姉貴も西澤のことを可愛いと言って気に入っていたけれど、どうやら高校で彼氏ができたらしく、そっちに忙しいようで、西澤たちに会うのはまれだった。慣れていくにつれ、おれは他の男友だちに話すような感じで、西澤と話すようになっていった。

その日も、うちで会っていた。何度目だろう。たいしてひねった内容でもないおれの冗談に、西澤はいつだって楽しそうに笑ってくれる。笑ってもらえるとますます嬉しくなる。単純だけど本当だ。

「ねえねえ、練習、今日はどうだった?」

西澤はやたらと、サッカー部の話を聞きたがる。不思議に思って、あるとき聞いてみたことがある。

西澤は、小学校のときに女子サッカー部に入ってたんだ、となぜか小声になって教えてくれた。今の学校では誰にも話してないから内緒にしてほしい、と。

どうりで女子にしてはサッカーに詳しいんだな、と納得した。それからはこっちが訊《たず》ねると、女子サッカー部のことも話してくれるようになった。基本的な練習内容は、おれたちとそんなに変わりがなかったらしい。おっとりして見える西澤は、意外にも運動ができるようだった。そういえば女子たちもそんなことを言っていたかもしれない。それにしても、内緒、という言葉にはドキドキする響きがあるのはなんでなのだろう。サッカーの話をするとき、おれは時々、教室でこっそりと笑った西澤を思い出している。

「今日は一年生同士で軽い試合っぽいことをやらせてもらったよ」

おれの言葉に、西澤は真剣な顔でうなずく。

誰かが言っていたとおり、最近では一年生もボールに触れる機会が増えてきて、少しずつ部活が楽しくなっている。

「今度、試合見に行きたいな」

西澤のつぶやきに、おれはあいまいな返事をする。試合といってもたいした試合はしてないし、見に来られるのも、それを他の部員に気づかれるのも恥ずかしい。西澤はぱっとしないおれの反応に気づいてか、今度は練習内容について詳しく訊ねてきた。

いつか、見に来られても恥ずかしくないくらい、試合で活躍できるようになろう、と密《ひそ》かに誓ってみる。


季節が巡って、中学二年生に進級したおれたちはまた同じクラスになった。

新学期最初の道徳の時間は、ホームルームに変わった。委員会を決めるためだ。絶対に一つは希望する委員会を書いて提出することと言われたので、なんとなくラクそうに思えた美化委員会を選ぶ。本当は何もやりたくない。

黒板に、各委員会とそれを希望した人の名前が男女別に書かれていく。希望者多数のところは、あみだくじで選んでいくことになり、外れた人は、誰も希望者がいない委員会に回されたりする。

外れたいけど、みんながやりたがらない委員会に行くのはもっといやだな、と考えていると、目の前の黒板の中では予想外の事態が起こっている。男子で美化委員会を希望しているのはおれ一人だ。無条件に決まり。なんだよ。そう言いたくなるのをおさえ、さらによく見ていると、横に書かれた女子三人の名前の中に西澤がいることに気づいた。

「女子で美化委員会を希望した人は、前に出てきてください」

三人の女子たちが教卓のほうに出て行き、あみだくじをやる。

「あ、わたしだ」

しばらくして声をあげたのは、西澤だった。

やった、と言いそうになった自分に驚く。他の知らない女子になるよりはよっぽどいいけど、喜ぶほどのことじゃない。

なんでだよ、と自分の心に突っ込みたかった。

古川と西澤の苗字《みようじ》が並んで書かれている黒板が、妙に気恥ずかしく感じられる。西澤がおれのほうをちらっと見たのがわかったけど、わざと気づかないふりをして無視した。

翌日、さっそく最初の委員会が行われた。時間ギリギリに行くと、既に席についていた西澤がおれを見て、遅いよ、と文句を言った。本気で怒っているわけではなさそうだ。

隣の席に座ると、やけにそわそわしてしまうのは、なんでなんだろう。

やってきた先生は、さっそく委員会での半年の流れを説明してくれる。ちっとも興味がわかない。退屈だ。

眠りそうになっていたおれの視界に、プリントが飛び込んでくる。西澤が差し出してきたものだ。片隅に《絵でしりとりしようよ》と書き込まれている。細くって弱そうな、それでいて綺麗《きれい》な字。どうやら西澤も退屈しているらしい。絵でしりとりなんてやったことないけど、断る理由もなくて、こっそり横を見てうなずく。なぜかうなずき返された。

自慢じゃないけどおれは絵が下手《へた》だ。おれが描いた犬やきつねは、全然動物に見えないらしく、西澤は必死で声を出さないようにして笑いをこらえている。

しりとりをしている間に委員会は終わった。クラスに戻るときに、西澤は、絵が下手すぎるよー、と嬉しそうに言った。

「古川くんが描いた動物図鑑があったら、わたし買うよ。めくるたびに爆笑しちゃう」

そんなことまで言う。くやしいけど、笑っている西澤は心底楽しそうだ。まあいいか。やっぱりこいつは笑顔のほうが可愛いかもしれない。

委員会があったのと同じ週、おれはサッカー部でレギュラーになった。二年生でレギュラーになれたのは、おれを入れて三人だけだ。

レギュラーとして初めて出た試合で、アシストを決めて、先輩たちとハイタッチした。練習試合だったけど、強豪と評判の隣の中学に勝てたのは、サッカー部にとっても、おれにとっても、ものすごく嬉しいことだった。

試合の帰り道で、一年生のとき、いつかちゃんとした試合に出たいと考えたことを思い出していた。ちゃんとした試合で活躍する自分を思い描いていた。今はまだ、けしてそのとおりじゃないけど、確実にあの頃《ころ》よりは近づいているはずだ。

去年のことを思い出すうちに、いつのまにか、西澤について考えていた。前よりも機会は減ったけど、うちに時々遊びに来る西澤。おれのくだらない冗談に笑っていた西澤。サッカーに詳しい西澤。クラスの他の女子とはまるで違う西澤。おれの絵に笑いをこらえていた西澤。

そうか、おれは、西澤のことが好きなんだ。

自分の思いが、はっきりと言葉になる。いろんなことが一気に納得できる気がした。委員会が一緒になってすごく嬉しかったこと。西澤が笑うとドキドキすること。教室でやけに西澤の姿を目で追ってしまうこと。西澤の笑い声や、話し声が、頭の中で何度も繰り返される。

今から告白しよう。

おれは決意する。勝算も計画性も何もない、ただ勢いがあるだけの決意。汚れたユニフォームのまま、西澤の家に向かう。二回ほど母親と行ったことがあったので、社宅のどの部屋かはわかっていた。

チャイムを押して出てきたのは、西澤のお母さんだった。おれを見て、あら、と明るい声をあげる。

「突然すみません。あの、淑子さんいますか」

淑子さん、と呼んだのは初めてだ。西澤のお母さんが呼びに行ってくれて、一分もしないうちに西澤が現れた。Tシャツとボーダーのパンツを着ている。どうしたの、と言った声は、驚いていたけれど、いやがってる感じはない。おれは安心する。

「ちょっとだけ話したいんだけど、いいかな」

「ここじゃないほうがいい？」

言われて、自分が場所について何も考えていなかったことに気づく。さすがに玄関先では告白できない。おれが悩んでいるのに気づいてか、近くの公園に行こうか、と西澤が提案してくれた。

公園は誰もいない。好都合だ。おれたちは並んでブランコに腰かける。子どもの身長に合わせているせいか、やけに低いブランコ。いったい、なんて言えばいいんだろう。なかなか話を切り出すことができないけれど、向こうが急《せ》かしてくる様子はない。

「部活だったの？」

おれがユニフォーム姿なのに、今気づいたみたいな言い方だ。おれはうなずく。

こっそりと隣を見る。夕方の太陽の光が反射して、西澤の横顔はキラキラとオレンジに光っている。少し下を向いているせいか、いつもよりもまつげが長く見えて、その先まで光っているみたいだ。綺麗だと思った。おれはゆっくりと口を開く。

「あのさ、好きなやつとかいるの？」

西澤は顔をあげてこっちを見た。少しまぶしそうに目を細める。

「なんで？」

首をかしげて、不思議そうに言う。気づいてないのかよ、と思わず言いたくなる。信じられないくらいドキドキしている。体中が心臓になったみたいだ。試合で走り回ったときでも、こんなに心拍数は上がらないのに。

「もしいなかったら、付き合ってほしい」

言った。ついに言った。一瞬前よりさらに鼓動が強くなった気がする。

「うん、いいよ」

おれの必死さに対して、西澤はあっさりと言った。それから、ふわっとした笑みを浮かべる。ケーキの上に絞られた生クリームみたいに、ふわっと。

「まじで?」

おれは思わずそう言った。あまりにあっさりしていて、ちゃんと伝わっているのか心配だ。

西澤は、まじで、とわざと同じ言い方をした。びっくりしているおれを見ながら、西澤は笑う。おれの好きな笑顔。西澤はそのまま、付き合おう、と言った。オレンジに光りながら。

付き合いだしたとはいえ、おれたちはほとんど変わっていない。

放課後や休みの日は、たいていおれは部活に出ているからだ。時々部活が終わるのを西澤が待ってくれているので、冷やかされないためにみんなにばれないようにして、一緒に帰るくらいだ。そういうときでも、彼氏とか彼女とかって感じはなくて、前にうちで会っていたときと同じ感じで、学校の話やサッカーの話ばかりしている。

ただ、意識なら変わったと思う。サッカーの話をすると喜ぶ西澤のために部活を頑張り、バカだと思われないように勉強にも力を入れている。

おれが早朝に時々ランニングしていることや、テスト前でもないのに自発的に机に向かうのを見て、母親はかなり驚いているみたいだ。最初のうちは、何かあったんじゃないのかとしきりに問いただされてうっとうしかった。今も不審に思っている様子はあるけれど、面倒くさいのでほっといている。

今まで努力したことなんてなかった。できないことはできないでいいし、仕方ないと思っていた。けれど西澤のことを思うと、もっと上に行きたくなる。どんなことだってできるようになりたいし、すごいと思われたい。

西澤は、夏休み明けから、お父さんがおもちゃ屋に並んで手に入れてくれたというたまごっちにハマっている。毎日こまめにいじっていて、どんなふうに育っているか、どんな様子なのかを、細かく報告してくれる。

「これが一番お気に入りなんだ。可愛いでしょ」

一緒に帰っているとき、宝物のありかを教えるような口調で西澤は言った。たまごっちの画面の中では、ウサギのようなキャラクターが動いている。うん、と答えながらもおれは、西澤のほうがずっと可愛い、と心の中だけでつぶやく。女子なんてうっとうしくて面倒くさくてうるさいだけだと思っていたのに。

多分こういうのを幸せって言うんだろうなと思う。何だって叶《かな》う気になるし、できる気がする。

付き合ってから、時間は前よりもずっと速く巡るようになった。あたたかくて穏やかな時間。

春休みを迎えてすぐ、うちに西澤から電話が来た。西澤がおれに電話をかけてくるなんて、珍しいどころか、初めてのことだ。たまたま取ってよかった。子機を持って自分の部屋に行く。もしもし、と言う自分の声は緊張していて、もしもし、と言う西澤の声は明らかに落ち込んでいる。

緊張はすぐに飛び、心配に変わる。どうしたの、と聞いてみた。西澤は泣いているようだ。落ち着くのを待っているうちに、電話機を握る手が汗ばんでいく。もう一回、どうしたの、と聞こうとしたときに言われた。

「あのね、わたし、春休み中に、引っ越すことになった。お父さん、また転勤になったんだって」

「えっ」

心臓が止まるかと思った。引っ越す？　春休み中に？　言っている意味はわかったけど、全身が受け入れるのを拒否している。場所を聞くと、西澤はおれが行ったことのない県名を告げた。

いきなり目の前の扉が閉ざされた気持ちになる。重たい鉄の扉。

「ごめんなさい」

何も言えずにいるおれに対して謝り、また泣き出す。西澤が悪いわけじゃない。そんなのはわかってる。早く何か言わなきゃ、なぐさめてあげなきゃ、と思う一方で、会ったことのない西澤のお父さんに、ひどく腹が立ってしまう。

「一人だけ残ったりできないの？」

おれは言った。できない、と即答される。当たり前だ。おれたちは中学生で、何もできない子どもなんだ。

引越しの日まで、もう十日もない。西澤はクラスのみんなには秘密のまま引っ越すと言う。新学期になって、担任の口から西澤の転校が告げられるのかと思うと、その想像だけで胸が苦しくなった。新学期なんて来なきゃいいのに。

「引っ越す前に、二人でどこか出かけようよ」

おれは言い、西澤の引越し前日に会う約束をした。おれたちの初めてのデート。

約束の日が来た。来てほしくないのに。

おれは今日、初めて部活をサボった。絶対に後で顧問に怒られるだろうけど、どうでもよかった。グラウンド五周も、腕立て伏せ百回も、西澤がいなくなるのにくらべたら、そんなのはあまりにちっぽけで、苦しみにすらならない。

待ち合わせ場所は駅だ。早めに行ったつもりなのに、既に西澤は立っていた。水玉のワンピースに、無地のクリーム色のパーカを着ている。

そういえば最初にうちに来たときもワンピースだった、と今まで忘れていたことを思い出した。

「どこに行こうか」

おれは聞いた。今日のことは何度も何度も考えていたのに、行き先は決めていなかった。決められなかった。

「……海に行きたい」

予想外の答えだった。おれは、うん、とだけ答えた。大人抜きで海に行くなんて初めてだ。家族で行ったことのある海岸に向かうことにした。持ってきたお年玉の残りで、二人分の切符も買った。

電車の中で、おれたちはあんまり話さなかった。西澤はたまごっちの世話をしていた。

電車は最初混んでいたけど、目的地に近づくにつれ、だんだん人は減っていった。

駅前のパン屋に入って、パンを食べてジュースや水を飲んだ。水のお代わりを注《つ》いでくれるときに、店員のおばちゃんが、デートなの、と話しかけてきて、西澤がはきはきとした口調で、はい、と言った。いいわねえ、とおばちゃんは言った。西澤はにっこりした。

春の海にはほとんど人がいない。遠くのほうでぽつりぽつりと、サーフィンをしているらしき人たちが見えるくらいだ。砂浜には汚れたペットボトルやポリ袋や木の枝が散らばっている。

おれたちは靴と靴下を手に持って、裸足《はだし》で歩きはじめた。砂はあたたかく、水は冷たい。西澤は時々貝殻を拾う。たまに綺麗なのや大きいのが拾えると、おれに見せてくれる。

「少し休もうか」

言われてみれば確かに、しばらく歩いてきた気がする。おれたちは砂浜に座った。

今日会ったときからそうだったように、何を言っていいのかわからない。明日、西澤は遠い場所に行ってしまう。そんなの信じられない。絶対に認めたくない。

西澤も何もしゃべろうとしない。同じことを思っているのだろうか。それとも、まるで違うことを考えているのだろうか。わからない。目の前に広がる海はあまりに大きくて、どこか寂しい。

おれはおそるおそる手を伸ばし、西澤の手に、そっと重ねてみた。恥ずかしくて顔は見られない。西澤がどんなふうに思ったのかはわからないけれど、手をどけるようなことはしなかった。それだけでも許された気持ちだ。

鼓動が速くなってしまう。エロいことに興味も欲求もあるけど、今は急ぎたくない。壊れないように、なくさないように、大切に扱いたい。柔らかい手。

あっというまに手のひらが汗ばんでしまったので、ゆっくりと離す。やっぱり、西澤がどんな顔をしているのかは見られない。またしばらく黙っていた。

来る途中で買ったペットボトルのお茶を、二人で交互に飲んでいるうちに、西澤がぽつりと言った。すごく久しぶりに声を聞いた気がした。

「古川くんは、わたしのこと忘れちゃうのかな」

「忘れるわけないじゃん」

おれはちょっと腹が立った。忘れるはずない。絶対に。

「ほんとに？」

真剣なトーンの声に、思わず横を向くと、西澤はまっすぐにこっちを見ていた。西澤の目の中におれが映っている。茶色いくりっとした瞳《ひとみ》。見たことないけど、天使ってこういう顔してるんだろうな。

おれは目を閉じて、ゆっくりと西澤に顔を近づけ、キスした。右手で自分の体を支えて、左手を西澤の頬に当てる。すべすべしている。目を閉じるのは男のほうじゃないかも、と思ったけど、今さら開けるのも微妙だ。唇は、おれのよりもずっと柔らかい。手も頬も唇も柔らかい西澤。

どのくらいしていていいものなのかわからない。ずっとキスしていたかったけれど、あまり長くするものでもないだろう。顔を離して、目を開けると、西澤は困ったようにこっちを見ている。

「ごめん」

反射的に謝った。西澤は、困ったままの顔で笑いながら、ううん、と言う。

おれはポケットに隠し持っていたプレゼントを取り出し、渡した。この日のために買っておいたのだ。

「開けていい？」

おれがうなずくと、西澤は、プレゼントを丁寧に袋から取り出した。そして、わぁ、と嬉しそうな声をあげた。小さなピンクの星が付いたネックレスだ。

「付けていい？」

おれはまたうなずく。西澤はゆっくりと、ネックレスを後ろで器用に留めた。

「似合うよ」

おれは言った。本当に似合っている。自分のプレゼント選びが間違っていなくてよかった。何時間も悩んだことはさすがに言えない。

満足げに微笑んでいた西澤が、いきなり表情を曇らせる。

「わたしも何か持ってくればよかった」

「別にいいよ」

軽く言ったのに、西澤はさらに深く考え込む表情を見せ、ようやく決心したみたいに、これあげる、と言って、たまごっちを手渡してきた。

「受け取れないよ」

すぐに言葉が出た。西澤の大切なたまごっち。毎日操作して、たまごっちを育てているのを知っている。受け取れるはずがない。

「受け取って。古川くんに、持っててほしいの」

西澤は泣きそうな顔をしながら、確かめるみたいにゆっくりとはっきりと話す。強い意志が感じられた。おれに持っててほしい……。おそるおそる手を伸ばして、たまごっちを受け取る。テレビで見た、オリンピックの聖火リレーを思い出す。

帰りの電車の中でもずっと、操作方法を説明された。エサはこのボタンで、これがトイレ、と真剣に説明する西澤から、たまごっちをもらうのは、なんだか申し訳なくもあったけど、だからこそ受け取らなきゃいけないように思えてきた。

「またね」

家の前で別れるとき、西澤は、おれとたまごっちの両方にそう言った。涙ぐんでいたけど、何がなんでも泣かないようにしているんだとわかった。正直言うと、おれも泣きそうだったけど、泣くわけにはいかなかった。

「またな」

西澤の姿がドアの中に吸い込まれていく。自分がまだ子どもであることが、苦しく、腹立たしい。このまま二人でどこかに行けたなら、どんなにいいだろう。

コンビニで手に入れたボタン電池を慎重に入れた。カバーを付け、表面のボタンを押す。

たまごっちに三年ぶりの命が吹き込まれる儀式だ。

画面が動き出す。浮かび上がったのは、墓のイラストだった。墓の周りで、たまごっちの魂がふらふらと揺れている。ボタンを押してみるけれど、画面に変化はない。なんだよ、と言いたくなった。

再び裏側を見てみると、小さな穴が開いている。これがリセットボタンだろうか。針のようなもので押せばいいのかもしれない。針はないかと探し始めたけど、すぐには見つかりそうになかった。

ただ黙って、墓のイラストを見ているうちに、西澤のいろんな表情が浮かんだ。笑っているところ、ムッとしているところ、黙っているところ、泣きそうになっているところ。いつだって可愛かった西澤。いつだって天使みたいだった西澤。

たまごっちがついたって、あの頃の西澤には会えない。

当然わかっていた。もともとそんなのを期待してたわけじゃない。でも、じゃあ、何を期待していたんだろう。動きつづけるたまごっちの魂を見ながら、自分の中の熱が失われていくのを感じた。正確には、熱を持った何か。

おれは机に置いたドライバーをまた手に取って、電池カバーをはずした。電池を取り出す。からっぽのまま、カバーをはめた。裏返すと、画面は真っ白になっている。

床の上で寝転がった。見慣れた天井。

体を転がすと、押入れから荷物を取り出したことで、片付けを始める前よりも散らかってしまった部屋が見える。何やってるんだろうか、おれは。勉強から逃げ出し、片付けから逃げ出し、目をそらしつづけて。

今もしも西澤に会えたら、彼女はなんて言うんだろう。サッカー選手になる夢は捨てたし、希望の大学に合格するかどうかもあやういおれの話すことに、また笑ってくれたりするんだろうか。

あの頃とは違う。何でもできる気でいたのに、何にもできないことに絶望したあの頃。無敵で無力だったあの頃。部活にも勉強にも必死で打ち込んでいたあの頃。

違うけど、同じように頑張れることもまだあるだろうか。

もうシャワーを浴びて寝よう。朝起きて、学校に行って、帰ってきたら押入れの整理をして、はかどらない勉強と向き合おう。なかなか動き出せない体で、そんなことを考えていた。

呪文みたいな

制服姿で河川敷に座っている。橋の陰になった、コンクリート部分。通りかかる人たちからも見えない場所。夏だから暑いけど、日陰だからまだマシだ。隣にはいつものようにリミがいる。リミは二人でいるときだけの名前、本当はサトミだけど、響きがやぼったくていやなのだとリミは言う。いい名前なのにって言うと、謙遜《けんそん》とかじゃなくて本気でいやがる顔をする。

リミは目を閉じて横たわっている。制服が汚れるからやめなよって言ってるのに。短いスカートから伸びた足は白くて、心配になるほど細い。腕も体も。手首なんてすぐに折れそう。

「ねえ」

わたしは呼びかける。返事はない。もう一度同じように呼びかけると、ん、と声が返ってきた。低めでそっけないくせに色気のある声。こんな声を出す人を、わたしはリミ以外に知らない。

呼びかけたくせに、何を話しかけるかは決まってなかった。暑いね、って、結局は内容のない言葉。リミはさっきと同じように、ん、って言う。いやがってはいなそうなので安心した。

また黙っていると、リミが起き上がった。傍らに置いていた、ペットボトルを手に取って口をつける。喉《のど》がいっそう白く見える。ペットボトルの中身は、桃の果汁が入ったミネラルウォーター。リミはここのところこればかり飲んでいる。わたしもたまに飲むけど、そんなに好きじゃない。

「セカイサンダイリョウリって」

「え」

わたしは聞き返した。リミの話はいつだってちょっと唐突だ。聞き返してから、世界三大料理、という単語に結びついた。

「世界三大料理って、フランス料理と中華料理と、トルコ料理なんだって。なんでイタリア料理は入ってないんだろうね」

へえ、なんでだろうね、と自分でもいやになるくらいつまらない返しをした。

「いつかイタリアに行こうか。行ったことある?」

そう言うとリミは、いきなりこちらの顔を覗《のぞ》き込んでくる。やけにつやつやした唇は本当にグロスのせいだけなんだろうか。

「あるよ。結構前だけど」

　ふうん、とリミはちょっと不満そうにして、また前を向いた。どんなところだったの、と言う。つまらなそうに、ちっとも興味なさそうに。

「コロッセウムがすごかったよ。ものすごく大きくて、どうやって造ったんだろうなって感じがした」

「へえ。あたしもいつか、小杉《こすぎ》さんと行こうかな」

「どうして」

　思わず声を荒らげてしまう。小杉さんとリミが旅行するなんて、いやだ。そういえば二人は修学旅行でもベタベタしていたような気がする。腕を絡ませたりして。

「小杉さんのことが好きなの？」

　そう訊《たず》ねてくるリミはまた横たわっている。目を閉じているのに、見られているみたいな気がする。

「好きっていうか」

　うまく説明できない。暑くなってきた。どうしてだろう。こんなに腹立たしくて悲しくて、全然言葉が出てこない。喉が渇く。わたしもペットボトルを持ってくればよかった。さっきまで近くにあったリミのペットボトルがいつのまにか、手を伸ばしても届かないくらい遠くの芝生上にある。誰かが投げたみたいに。

「イタリアって、ミラノは北にあるんだっけ。ローマはどのへんなんだろう」

わたしの苦しさにはまったく気づくそぶりもなく、リミは横たわったままで言葉を続けている。さらに何か言うけど聞こえない。聞き返そうとすると、もっと騒がしい声が耳に届いてきた。何人かで話している。きっとクラスの子たちだ。

やばい、こうしているところを見られてしまう。

一緒に逃げなきゃいけないのに、リミはちっとも気づかずに、イタリアの話を続けている。複数の声は近づいてくる。笑い声が混じっている。どうしてリミは気づかないのか。


早く、早く。


体がビクンと揺れた。

見慣れた天井。外の光がカーテン越しにうっすらと差し込んでいる。全身が汗ばんでいて、ひどく喉が渇いている。

そうか、夢か。

状況がようやく飲み込めた。

立ち上がると、体がやけに重たく感じられた。まるで泳いだ後みたいだ。汗ばんでいるせいなのか。やけにリアルだった暑さと喉の渇きだけは、現実のものでもあったのだろう。

　冷蔵庫の中の光がまぶしい。ドリンクホルダー部分から、買い置きしている微発泡ミネラルウォーターのペットボトルを取り出す。戻ってベッドに腰かけて、それを口に含んだ。流れ込んでくるミネラルウォーターの冷たさと一緒に、ゆっくりと現実感が沁《し》み込んでくる。いつもの自分の部屋。

　時間を確認すると、朝五時半だった。早いけれど、もう一度眠るにしては中途半端な時間だ。だるさや疲れは抜けた感じがしないけれど、再び眠れる気もしなかった。

　今日も暑くなるみたいだ。勤務先の保育園では、プール遊びが予定されている。浅いので子どもたちが溺《おぼ》れるようなことはまずないけれど、熱中症や脱水症など、注意を払わなければいけないのは事実だ。日射《ひざ》しの中にいると、それだけでエネルギーを吸い取られていく。日焼け止めを入念に塗っても、日焼けは避けられないだろう。

　さっきの夢にはおかしな点がたくさんあった。桃の果汁が入ったミネラルウォーターは今では売っていないし、わたしがイタリアに行ったのは短大の卒業旅行のときで、高校時代には訪れたことはなかった。リミとイタリアについて話した記憶なんてない。

　季節だって違う。わたしたちがあの河川敷で話し込んでいたのは秋や冬で、今みたいに暑い時季じゃない。

　少し前までわたしが付き合っていた小杉さんだって。彼とは社会人になってから知り合ったし、ましてや修学旅行に彼が同行した事実もない。わたしたちが通っていたのは女子高なのだ。

手作りの天然石のブレスレットを、彼女からもらったのは、七年前の冬。だから多分五年くらいはベロアの袋の中で眠っていたのであろうそのブレスレットを発見したのは昨日眠る前。発見というより、発掘という言葉が近いような気がした。

新しく買ってきた折りたたみテーブルを収納するために、押入れの整理をしていると、何年前のものかわからない化粧品や香水が入った紙袋が出てきて、ベロアの袋もそこに入っていた。

何かわからずに見てみた袋の中身がブレスレットだと知り、逆に忘れていた自分に驚いた。どうして喪失に耐えられていたのだろう。

さすがにワイヤー部分は少々錆《さ》びていて、留め具を開くときにきつく感じたけれど、あの頃《ころ》みたいに左腕につけてみると、違和感なくおさまった。基本的には水晶で構成されたブレスレットの中に、六つだけ別の石が入っている。三種類の石が二つずつ。紺のソーダライト、紫のフローライト、そして水色のラリマー。

考えることなく、石の名前はすんなりと思い出すことができた。説明してくれたリミの声まで一緒に。もうずっと遠ざかっていたのに。石からも、彼女からも。

彼女が美容師の専門学校に行くため、東京に引っ越すという前日に会ったのが最後だ。

東京に遊びに来てと言っていたのに、数日後にリミの携帯電話はつながらなくなった。リミの父親の話を思い出し、実家の複雑な状況が関係しているのだろうと察したものの、どうすることもできなかった。一人でストーンショップに行き、リミの行方を訊ねたけれど、案の定、店員は何も知らなかった。今はどこで何をしているのか、まったくわからないままだ。当時のクラスメイトたちと今でもたまに会うけれど、リミのことは話題にもならない。

リミと仲良くしていた半年ほどの期間は、どんな言い方もできるけど、まぎれもなく特別な時間だった。わたしにとっても、多分彼女にとっても。わたしたちは友だち、あるいは親友だった。

それでも一方では知っている。わたしたちは友だちでも親友でもなかったのだと。

高校を卒業してから、何人かの男の人と付き合った。付き合うのは楽しいことも多いし、相手のことを好きだとも思えるけど、あの場所でリミと過ごしていた時間にかなうものは、きっとこれからも現れない。わたしの中に欠けているものを埋められるのは、リミだけなのだろう。

四月に高校三年生に進級して、新しいクラス内がグループ作りにいそしむ中で、一人だけ目立っている子がいた。前田里実《まえださとみ》。最初のホームルームでの自己紹介で、彼女の異質さは伝わった。

みんなが一言二言は添えて、笑いを取ろうとしたり、気さくさをアピールしようとしているのにくらべて、彼女は苗字《みょうじ》だけを小さな声で言い、担任がさらに何か言うのをうながす前に着席してしまった。クラスはシンとした。

誰《だれ》とも話さず、話しかけられても愛想笑いの一つも浮かべなかった。そのうちに彼女に話しかける人はいなくなった。

昼休みになると教室から消える彼女がどこにいるのか、誰も知らなかった。授業中は眠っていることが主で、先生ですら彼女の存在について見て見ぬふりをしていた。クラスメイトというよりも、七不思議のような存在だった。

教室にはたくさんのものがある。

黒板、黒板消し、チョーク、教卓、時間割、机、椅子《いす》、掃除用具入れ、時計。

そしてまた教室には、たくさんの見えないものがある。

好意、悪意、友情、憎悪、関心、無関心、ヒエラルキー。

見えないのに渦巻いているそれらを、高校生のわたしたちは見るというよりも感じていた。意識的に、ときに無意識的に。何も気にしてないふりをしていても、逃れられないと知っていた。誰に教わったわけでもないのに。それは単なる情報ではなくて、生きていくための知恵のようなものなのだ。

本当にそれらを気にしていないように見える子ももちろんいるけれど、それはごく一部で、ヒエラルキーの頂点にいる子たちだけだ。好意や羨望《せんぼう》でできた壁の内側では、どんなことをしようと自由。彼女たちはとても綺麗《きれい》だったり、スポーツができたり、明るかったり、良くも悪くも突出した何かを備えている。

　前田里実が異質なのは、渦巻くものと無縁というだけではなくて、それなのに特別な何かを備えていないようなところだ。好意も悪意も、気にしないというよりも、それらが存在することすら知らないかのようだ。

　見た目も浮いている。スカートの丈がクラスで一番短く、肩までのセミロングでストレートの髪の色は、服装検査を受けるたびに天然だと言い張っていたけれど、それにしては明るすぎる茶色。吊《つ》り目がちで、よく言えばシャープな顔立ちだ。唇はグロスが塗られているせいかツヤツヤしている。けして濃くはないものの、アイラインまで綺麗に引かれ、学校で禁止されているはずの化粧をしていることは一目瞭然《いちもくりょうぜん》だった。体はとにかく細く、背は高め。服装によっては社会人にも見えそうだ。美人とか可愛《かわい》いというわけではないけれど、バランスの取れた顔立ち。過剰さがない。

　彼女の噂《うわさ》はたくさん聞いた。真偽はわからないものも多かったけれど、どれもいい話ではないというところでは共通していた。誰に聞いたかも思い出せない数々の噂の中で、彼女が一年生のときも二年生のときも同じような態度であったと知ったときに、ひそかに尊敬の念を抱《いだ》いた。渦巻くものたちに、わたし自身がウンザリしていたからだ。

女子高は、共学だった中学にくらべて、楽しいし周囲とのつながりも深くて濃い。体育祭も学祭ものすごく張り切っているし、クラスごとの団結力は強い。友だち同士の会話はいつだって赤裸々《せきらら》なものが多くて、誰かが泣いたときには一緒に泣く。楽しいときには涙が出るほど大爆笑する。

それだけに重たく感じられてしまう。無防備に見えるみんなが、実は無防備を装って重装備をしていることも知っていた。わたし自身だって同じだった。だから、装いでもなんでもなく、真に無防備でありそうな前田里実に興味を持ったし惹《ひ》かれた。

彼女には一匹狼《おおかみ》という言葉が用意されたみたいにしっくりとくる。いつだって彼女は浮いている。

たとえば、クラスで流行している熊《くま》のキャラクター。サイズは大小まちまちではあるものの、全員が熊のキャラクターのキーホルダーをカバンに付けている中で、前田里実のカバンだけは何も付けられずシンプルなままだ。

あるいは、みんながハートマークや鳥のイラストを好き勝手に描《か》いたりしがちな上履き。事実、わたしの上履きにも、右に星、左には花が描いてある。なのに彼女のものだけは入学時に配られた状態と変わらず、ただ年数相応の汚れやくたびれ感が出ている。決まりであるはずの、かかと部分への苗字記入も、なぜか彼女の上履きにはなされていない。どうして三年になるまで先生に注意されなかったのかはわからない。

でも、わたしは一度も彼女への尊敬や興味を友だちに話したことはなかった。理由は簡単で、誰にも同意してもらえないだろうと思ったからだ。同意されないだけならまだしも、嫌悪感を抱かれてしまうのは恐ろしい。見えないラインをはみ出している前田里実のことを嫌悪している子たちは多く、わたしが普段行動をともにしているグループの中にも含まれていた。

この空間の中で、一緒に行動する友人たちの信頼や好意を失って一人になることは、苦痛でしかない。今わたしがいる場所はとても狭いものだけど、それでも世界のほぼすべてだ。短大に内部進学する予定のわたしにとっては、なおさら。絶対に落ちることが許されない平均台のようだ。

だからわたしは、前田里実のことを気にしながらも、けして接近しようとは思わなかった。二人で話すことなんて想像もしていなかった。彼女が突然話しかけてきた、十月のあの日までは。

朝の教室で、わたしは数人で他愛ない話をしていた。担任はいつもより遅れていた。ふと一人がこんなことを言い始めた。

「ねえ、パワーストーンって知ってる？　あれって本当にすごいらしいんだけど」

なになに、とみんなが食いついた。わたしも同じだった。

話し出した子によると、友人の一人が、ある店で恋愛運が上がるパワーストーンのネックレスを購入してつけたところ、途端に彼氏ができたのだという。そのお店の人によると、そういうことは珍しくないらしい。最近噂になっているタレントとモデルのカップルが成立したのも、そのモデルが雑誌の取材で店にやって来て、パワーストーンのブレスレットを買ってからだということだった。

有名芸能人カップルの名前が登場したことで、わたしたちのテンションは上がった。すごすぎ、と連発した。

お店は少し離れているけれど、学校からでも、バスを乗り継げば行けない場所ではなかった。みんなで行こうよ、と盛り上がっていると、話を聞いていた他のグループの子たちまでもが、おもしろそうな話、と興味を示してきた。教室中が騒がしくなってきたところで、担任が入ってきて、一旦《いったん》話は終わった。

わたしが自分の席につくときに、既に席についていた前田里実がこっちを見ていることに気づき、驚いた。今までそんなことはなかったから。でも一瞬目が合っただけで、すぐに視線を戻していたので、単に騒がしくて苛立《いらだ》っていたのかもしれないと思った。別に怒っているような顔ではなかったけれど。

昼休みにお弁当を食べながら、パワーストーンのお店にはいつ行こうかという話で盛り上がった。みんな、バイトやデートの都合があって、今週は忙しいらしいので、来週行こうと約束した。忘れないように携帯電話のスケジュールに打ち込んでおく。

「パワスト楽しみだね」

一人がそんなことを言い、パワストという適当な略し方にみんなで突っ込んだ。ゲームソフトみたいじゃない、いやそれよりイベントっぽいよ、と好き勝手なことを言い合う。

どんな石を買おうかな、と考えていた。パワーストーンは石の種類によってさまざまな効能があるのだと聞かされていた。やっぱり無事に進学できるのを願って、学業成就だろうか。恋愛は好きな人がいない今はぴんと来ない。

放課後になって、友だちからのカラオケの誘いを断った。メンバーが微妙だったし、なんとなく疲れていたから。家の手伝いがあるらしくて母親が早く帰ってこいって言ってるんだよね、と答えると、すんなり納得された。

一人で教室を出て、生徒玄関に向かっていると、ねえ、と声をかけられた。振り向くと前田里実がそこに立っていた。どうやら今の呼びかけは彼女から発せられたものらしい。わたしはとても驚いて、言葉を返せなかった。さらに驚くような発言が続いた。

「ちょっと話せる？」

わたしがうなずいたのを確認して、彼女が歩き出した。どこに行くんだろうと思ったら、下の階のトイレに入った。職員室が近いこのトイレは、ほとんど使用されない。生徒はめったに来ないし、教職員は別のトイレを使うことになっているからだ。それを知っての選択らしかった。

緊張しながら、前田里実につづいてトイレに入る。彼女の目的が何なのか、まるでわからない。想像もつかない。今朝彼女がこちらを見ていたことを思い出し、もしかしたらキレられるのかもしれない、と思った。いつも騒がしいんだよ、とか。すぐに逃げ出せるよう、ドアに近いほうに立つ。

こちらが聞き出すより先に、向こうが話しはじめた。彼女の口から出てきたのは意外な質問だった。

「パワーストーン、興味あるの？」

咄嗟《とっさ》に答えることができなかった。えっ、と声をあげてから、興味っていうか、と口ごもった。目をそらすと、鏡にわたしと前田里実が話しているのが映り込んでいた。奇妙な光景だった。わたしの様子を気にすることもなく、彼女は普通に話している。

「行こうって話してたの、光奥町《こうおうちょう》にあるお店でしょう？　あそこはよくないと思うよ。いいかげんだし」

確かに町名はそのとおりだった。話を聞いていたのか、と思った。そのことに不快感は生まれなかったけれど、どうしてこんな話をわたしにするのかがわからない。

「もっといいお店紹介してあげる。今から行こう。家の手伝いって嘘《うそ》なんでしょう？」

責めるでもなく、単純な質問口調だった。さっきのやりとりも聞いていたらしい。気まずさをおぼえた。

でも、次の瞬間、わかった、とわたしは言っていた。断ることもできるのに、行くことを自分で選択していた。怖さや疑問よりも、店に対する、そして彼女に対する興味が上回っていた。わたしの返事に、前田里実は満足そうに微笑《ほほえ》んだ。

「じゃあ、裏のスーパーの前に集合で。そこからタクシーで行こう。先に行ってるね」

タクシー。出てきた単語に戸惑っているうちに、前田里実はトイレを出て行ってしまった。どうしてわざわざ離れて歩くのかもわからないまま、わたしは言葉に従った。

提案どおり、スーパーの前に行くと、既に前田里実はそこに立っていた。一台だけ停《と》まっていたタクシーに乗り込む。前田里実が告げた住所が、思いのほか近くて拍子抜けした。わざわざタクシーに乗るくらいだから、遠いのかと思ったのだ。運賃も心配だった。

「バスでもよかったんじゃないの」

わたしは言った。前田里実はシートに背中を預けて、だらしなく足を広げている。

「そうだけど、他の子に見られたら面倒でしょう。これ以上しょうもない噂立てられてもウンザリだし」

意外なことを気にしていたのに驚くと同時に、背筋がひやりとした。彼女は自分の噂について、何も知らなかったわけじゃない。そしてまた、わたしが彼女に興味を持ちながらも、他の人を気にして近づけずにいたことも、悟られていたのではないかと思うと、ちょっと恐ろしかった。わたしは話を変えた。

「前田さんは、何度も行ってるの。今から行くお店」

前田里実はうなずいてから、その呼び方はやめて、と言った。

「苗字、嫌いなの。あんな男の名前」

あんな男っていうのは父親だろうか。どう答えていいかわからずに困っていると、リミでいいよ、と言われた。わかった、と言ったけど、実際に呼ぶことはしなかった。それからわたしたちは黙っていた。

お店には十五分ほどで着いた。タクシーを降りるときになって、里実の里を音読みしてリミなのだな、と気づいた。料金は彼女が全部払った。払おうとすると、いいよ、と止められてしまった。あまりにさりげなく、キッパリとしていたので、結局そのままおごられてしまった。タクシーが走り去ってから、ありがとう、と言ったら、ああ、と言われた。

お店はビルの中にあった。初めて来るビルで、狭い入口には、パワーストーンの看板が出ているけれど、一人だったなら完全に通り過ぎているだろうと思った。あるいはクラスの子たちと一緒であっても。怪しがるか、気にも留めないかのどちらかだ。

狭くて二人並ぶこともできない階段をのぼり、二階のお店に行った。コンクリートの壁に対し、付け替えたのであろう重たい木の扉は不釣合いだった。店内に入ると、視覚よりも先に嗅覚《きゅうかく》が刺激された。お香が焚《た》かれている。

「いらっしゃいませ。ああ、リミか」

店内は意外なほど狭かった。長机が三つほど並び、それぞれの上には小さなカゴが所狭しと置かれている。どれにも石が入っている。また、それとは別に、レジの近くにはケースがあって、そこには大きな石がいくつか入っているようだ。彼女はここでもリミと呼ばれているらしい。

「リミにも友だちがいるんだな。安心したよ」

友だちとはわたしのことだろう。慌てて頭を下げた。店員は一人で、男の人だ。派手な柄のシャツと無精ひげが妙に似合っている。三十代に見えるけど、もっと若いのかもしれない。かっこいいと言えないこともなかった。

「これ、浄化してほしいんだけど」

前田里実は友だちの話題には触れず、腕から天然石のブレスレットを外すと、レジの中にいる店員に渡した。ブレスレットしてたんだ。そして浄化って。わたしは思わず店員の行動を見守る。

「相変わらず愛想が悪いなあ」

笑って文句を言いながらも、彼は立ち上がり、受け取ったブレスレットを後ろで焚いていたお香の煙にかざした。煙はブレスレットをよけるように動く。悪い気たまってるなあ、と店員が言う。昨日、親がもめてて眠れなかったから、と前田里実は不機嫌そうに答える。煙はすぐにブレスレットにからみつくような動きに変わった。お、大丈夫だな、と店員が言い、ブレスレットを返す。ありがとう、と前田里実はまた受け取ったそれを腕にはめた。すぐにセーラー服に隠れて見えなくなってしまうブレスレット。

「あの、今のって」

わたしはおそるおそる訊ねた。店員が不思議そうに、ん、と首をかしげる。この子、初めてなの、と前田里実は言った。わたしは自分が何も知らない子どもであるかのように感じた。

「パワーストーンって、つけてる人の代わりにダメージを受けてくれたり、悪い気を吸い取ってくれるんだけど、その分ストーン自体も疲れちゃうんだよね。だからたまに浄化してあげる必要があるんだ。方法はいくつかあるんだけど、お香はかなり簡単だし、どの種類にも使えるからオススメ。基本的にはお香の煙に軽くくぐらせるだけなんだけど、ストーンが弱ってるときは、煙がよけるようになっちゃったりするから、そこは注意。後でよかったら説明書いた紙あげるよ」

店員の説明自体はわかりやすかったけど、うさんくさい、と思ったのも事実だ。でも目の前で煙が動いていたのを確かに見た。あれがインチキだとは思えない。どこか割り切れないまま、ありがとうございます、と言った。

それから並んでいる石を見はじめた。いろんな色のものがある。さらに、同じ種類の石であっても、微妙に色が違ったり、大きさはもちろん、形もどこかいびつなものがあったりする。それぞれのカゴの中には石の他に一枚の紙が入っていて、石の名前と値段が書かれている。気づくと前田里実も石に見入っていた。わたし以上に熱心に。

「これって、石によってパワーが違うんですよね」

わたしの質問に、店員は、もちろん、と短く答えた。

「そのパワーって、どこでわかるんですか」

「パワーの説明は、入ってる紙の裏側に短く書いてあるよ。買ってくれたときには、もっと長い説明の紙付けるけどね。でも、もしプレゼント用とかじゃないなら、それは見ないで直感的に選んでほしいなって思ってるんだ。もっともリミあたりになると、もう石の名前見たら効果がわかっちゃうみたいだけど」

「そんなに詳しいんだ」

わたしは思ったことをそのまま口にした。そこまでじゃないけど、と前田里実は言う。その言い方がかえって、肯定するように聞こえた。

さんざん悩んで、わたしはブルートパーズを選んだ。透明な水色がとても綺麗だったから。一つ五百五十円。本当はアクセサリーを作ろうと思っていたけれど、店員に、一つ目ならお守りにするのもいいかもよ、と言われ、そうすることにした。リミの友だちなら特別に、と石を入れるためのお守り袋をおまけしてもらった。前田里実は、今日はやめておこうかな、と結局購入しなかった。

店を出ようとするときに、店員が前田里実に、また電話するよ、と言った。その言い方がやけに親しげなものだったので、ビルを出たところで、今の人は彼氏なの、と聞いてみた。

「まさか」

前田里実は吐き捨てるように言った。つまらない質問で不愉快にさせてしまったかもしれないと心配になっていると、単に二回くらいやっただけ、と付け足され絶句した。外はもう暗くなりはじめていた。家に帰るためには、バスで学校に戻り、自転車を取りに行く必要がある。

「今日はありがとう。楽しかった」

わたしは前田里実に言った。事実、さっきまでの時間を、わたしは楽しんでいた。もしかしたらクラスで友だちといるときよりも。

「明日は暇？　このビルの前で四時に会わない？　いいもの見せてあげる」

どこか試すような、意味深な言い方だ。わたしは、わかった、と答えた。じゃあまたね、と親しげに言うと、前田里実はさっさと立ち去ってしまった。お香の匂《にお》いとわたしが取り残される。

翌日、前田里実は既にビルの前に立っていて、自転車で近づいてきたのがわたしだとわかると、唇の端を小さく上げた。

「時間、少し大丈夫でしょう」

質問ではなく決めつける言い方だった。否定しないわたしを見て、前田里実は歩き出す。ビルに背を向けて。てっきり今日もお店に入るものだと思っていたので、予想外だった。

「どこに行くの」

「ちょっとだけ」

答えになってない答えだ。わからないくせに、わたしは昨日ほどは緊張していない自分に気づいていた。なんとなく落ち着きすらおぼえていた。自転車を押して付いていく。たどり着いたのは近くの川だった。頭の中の疑問符を増やしていると、前田里実はなおも歩き、最終的には、橋の脚のたもと、コンクリート部分に腰をおろした。いつもそうしているらしいというのが、伝わってくる座り方だった。わたしが立ったままでいると、表情だけで、座るようにうながす。隣に座った。ひんやりとしている。

わたしは伝えようとしていたことを思い出して口を開いた。

「そういえば、石、すごかった。ブルートパーズ。安眠効果って書いてあったんだけど、ほんとによく眠れたの」

事実だった。店員にもらった説明書きに記された石の効果の中に、安眠というのがあって、読んだときにはへえと思ったくらいだったのに、実際そのとおりになった。最近は眠りが浅く、一度か二度は目が覚めるのが当然になっていたのに。

「そう。よかった」

前田里実は嬉《うれ》しそうではあるものの、ちっとも驚いてはいない様子で言った。わたしは聞いてみた。

「前田さんも石で変わったことあるの？」

顔が曇ったことで、自分が正しくない呼び方をしてしまったのに気づいた。リミは、と言い直す。初めて口にする呼び方だった。うん、よくあるよ、とリミは言った。わたしは別の質問をした。立ち入った質問だろうかとは思いつつも。

「苗字がいやなのって、お父さんが嫌いってことなの？」

「そう。最低なの。酔ったらあたしの胸触ってくることもあるし」

聞いたくせに答えられなくなる。もし本当なら、最低というレベルで済む話じゃない。

リミは、気にするそぶりもなく、これ見せようと思ってたの、と話題を変えた。カバンからプラスチックケースを取り出す。

小分けにされたプラスチックケースの中身はパワーストーンだった。種類の違う石が行儀よくおさまっている。綺麗、と声をあげると、家にはもっとあるんだけどね、と言った。

「今日もし持ち物検査あったらどうしようかと思って、一日びくびくしてたの、実は」

確かにうちの学校は、頻繁に持ち物検査をやっている。実際に、彼氏にもらったアクセサリーや、友だちに貸すつもりだった漫画本など、大切なものを没収された子を何人も見ている。わたし自身は幸いにも、持ち物を没収された経験はないけれど、ヒヤヒヤしたことなら数えきれない。

にしても、教室ではいつもどおりクールに過ごしているように見えたリミが、そんなことを考えていたのかと思うと、そのギャップがおもしろかった。ツボに入ってしまい、笑いすぎ、と小突かれてしまうほどわたしは大笑いした。

落ち着いてから、いつから石を好きになったのか聞いてみた。

「中学生のときに、たまたま通りかかったお店に石があって、すごく惹かれたの。それで衝動買い。以来、なんとなく石に守ってもらってる気がして」

守ってもらってるという言葉で、さっきのリミの父親の話が思い出された。こんなに細い体で、いくつも複雑なものを背負っているように見える。でもそれも、魅力と紙一重に感じた。

「何か好きなものとかある？」

質問を返され、わたしは、絵本とか、とおそるおそる言った。

「そうなんだ」

リミは言う。つまらなそうでも過剰でもなく、ただそのままわたしの答えを受け止めているという感じで。ちょっとした沈黙を挟《はさ》んで、わたしは説明を足す。

「小さい頃から好きで、集めてるんだ。いつか自分でも作れたらいいなって思ってるんだけど」

言い終えた後で、どうして話したんだろうな、と不思議に思った。今まで誰にも話したことがないのに。

リミは、素敵だね、と言った。やっぱりつまらなそうでも過剰でもなく。自分が話したことが間違いじゃなかった気がした。

それからわたしたちは、とりとめのない話をした。リミの好きな石の話や、わたしの好きな絵本の話。昨日行ったお店の話。このあたりにあるカフェの話。なぜか学校の話はしなかった。リミはどうかわからないけど、わたしは学校の話をしたくないと思った。この空気が壊れてしまいそうで。

やけに落ち着くのはなぜなんだろう。この空間のせいかもしれない。ここは誰もいないし、やってきそうな気配もない。だけど当然それだけじゃない。リミの存在は、異質なはずのものでありながら、わたしを落ち着かせる。ずっと昔から知り合いで、いつもこうしていたみたいに。

わたしは疑問に思っていたことを聞いた。

「なんでわたしをお店に誘ってくれたの？　他の子じゃなくて」

やけに気恥ずかしい質問をしてしまったかも、と思った。リミは悩んだ様子を見せている。

ごめん、別にいいよ、と質問を撤回しかけると、真面目《まじめ》な顔で答えられた。

「いろんなことを考えていそうだったから」

とても感覚的な言葉だった。いろんなこと、と思わず繰り返すと、迷った様子でうなずかれた。リミが探るように言葉をつなげていく。

「ごめん、あたし、あんまり説明とか上手じゃなくて。なんか他の子とは違って見えたんだ。何も考えないで、ただダラダラ過ごしてるとか、そんなんじゃない感じがした」

足された説明も相変わらず感覚的だったものの、わたしは嬉しくなった。クラスの中で明らかに特別な存在であるリミに、特別視されているなんて、誇りに思える。わたしが実際に思慮深いかどうかは定かではないものの、少なくともリミがそう感じてくれているということに感激した。

「ありがとう」

「お礼言うことじゃないよ」

さっきまで熱心に話していた様子とは異なり、あっさりとそう言って、リミはいきなり目を閉じて横たわった。驚いた。

「どうしたの」

「眠くなってきちゃった」

「でもこんなところで」

「一人のときもしてるから平気」

平気、って。制服汚れちゃうよ、と言った。絶対に聞こえているはずなのに何も答えない。

リミのほうが、よっぽどいろいろ考えていそう、と言うタイミングを逸してしまった。手持ち無沙汰《ぶさた》で、わたしたちの間に置かれたプラスチックケースを、正確にはケースの中の石を見てみる。いろんな色、形、大きさ。わたしたちのいる教室とは違うと思った。教室にはどれも同じようなものばかり詰め込まれている。ここでなら、どんな色も形も許される気がする。

リミが動いた。さすがに眠ってはいないらしい。おそるおそる訊ねてみた。

「毎日ここに来てるの？」

横たわるリミが、わたしの質問にそのままの体勢でうなずく。

「わたし、明日も来てもいいかな」

ちょっとドキドキしていた。リミが目を開けて、真剣な顔でこっちを見るから、さらにドキドキする。

「うん。っていうか、来てよ」

笑うことなく言い、また目を閉じる。秘密ができたように感じているのは、わたしだけなんだろうか。


「で、結局メールしたの？」

「それが驚きなんだけど、向こうから先に来たの。メール」

「えー、何それ、すごいじゃん！」

「なんで黙ってたの、言ってよ言ってよ」

「でも来たって言っても、内容がほぼゼロで」

体育館に向かうために歩きながら、一人の恋の話を聞いている。わたしは、えー、と声をあげながら、話の全容がちっともつかめていない。何度も聞かされたはずなのに、全然頭に入ってこなかったのだ。今も反射的に声をあげるだけ。

リミが石を見せてくれた次の日も、約束どおりリミとわたしは河川敷で会った。次の次の日も。次の次の次の日も。

過剰にはしゃいだりしているわけじゃないのに、リミといるといつもたくさんしゃべることになる。気づくと。

リミと話すのは特別。

どんな話をしていても、リミは真剣に見える。くだらない話でも、笑っているときも、どこかで何かを考えていそう。リミはあの日、わたしに、いろんなことを考えていそうだと言ってくれたけど、リミのほうがよっぽど当てはまる。

そして話が伝わるのが速い。こっちの言いたいことをすぐに察してくれるし、わたしも相手の言いたいことをすっと呑《の》みこめる。

昨日もそうだった。世界史の時間にトルコの話題が出て、わたしはトルコ石のことを思い出した。英語ではターコイズ。十二月の誕生石で、質がいいものは鮮やかなブルー、そうでないものはグリーン。最近では少しずつ、わたしも石の知識を増やしてきた。代わりというわけじゃないけれど、リミは絵本に詳しくなってきている。

河川敷で会って、しばらく別の話をしてから、それを思い出したわたしが、そういえば今日の授業、と言いかけたところで、リミはさっと言った。

「トルコ石」

早押し問題に答えるクイズ王のようだった。違うこと話そうとしてたらどうしたの、とわたしは突っ込んだけれど、今まで一度としてそんなことはなかったと知っている。二人で話していると、よく起こる現象なのだ。

授業中、あんなに興味なさそうにしてるくせに、と今度は心の中だけで突っ込んだ。なんだかんだ言って、リミはきちんと人の話を聞いているところがある。

交わす言葉を増やしていき、仲良くなっていくのは、嬉しくて楽しい。新たに知らなかった部分（すなわちほとんどの部分）を見つけると、得したような気分になるし、逆に、わたしのこともっと知ってもらいたいと思う。

一方で、リミの存在が大きくなればなるほど、学校で友だちと話すのが苦痛に感じられてきている。今しているみたいな恋の話だけじゃない。バイト先の話も、流行《はや》っている曲の話も、噂話も、全部退屈でどうでもいいものに聞こえる。以前は楽しく思えていたはずなのに。前みたいに自然に笑いが出るようなことはなくて、誰かが笑っていたり笑いそうになっていたりするのを見て、タイミングを合わせるようになっている。

大体やたらと笑いすぎなのだ。冷静に考えればそんなにおもしろくないはずのことでも大笑いする。楽しくて笑っているのか、笑うことで楽しくなろうとしているのか、もう区別がつかない。同じことなのかもしれない。笑ったり笑わせたりすることで、何かをアピールしている。リミといて、無理をして笑ったことはない。笑いたいときにだけ笑っている。大げさに笑い合わなくたって、極論を言えば無言でいたって、楽しく思えるのに。リミとなら。

そんなことを考えているうちに、わたしは自分のミスに気づいた。

「ごめん、わたし、ジャージ忘れた。取ってくる」

途端に、えぇっ、と何人ものそれぞれの驚きの声。ほんとに手ぶらじゃん、ありえない、と突っ込まれる。っていうか気づかないうちらもうちらだよね、と他の子が言い、また笑いが起きた。

急いで戻った教室には、思いがけない存在があった。リミだ。一人で机に突っ伏している。ジャージが入ったトートバッグをロッカーから出しても、リミに動く気配はない。そのまま出るつもりだったけれど、教室にはわたしたち二人きりだ。わたしは初めて、暗黙の了解を破った。

「起きてる?」

わたしの問いにリミが顔をあげる。眠っていたのだろうか。状況をつかめていない様子のリミに、わたしはさらに訊ねる。

「体育出ないの?」

「うるさい。ほっておいて。関係ないじゃない」

リミはいきなり立ち上がった。突然の怒りにわけがわからず、名前を呼びかけようとして背後の気配に気づいた。見るとそこには、さっきまで一緒に体育館に向かって歩いていた友だちの一人が立っていた。眉間《みけん》に皺《しわ》を寄せて、困ったようにこちらを見ている。

リミはそのまま歩き出し、教室を出て行った。わたしはどうしていいのかわからず、ただ立ちすくむ。

「前田さんに構わなくてもいいのに。ほんと優しいっていうか、天然なんだからなー」

リミのいなくなった教室で、そう言われたことで、友だちがこの状況をどうとらえたかがわかった。わたしが寝ている前田里実に話しかけて、親切に体育の授業に出るように勧めたところ、前田里実は意味のない怒りをわたしにぶつけて去っていった。わかりやすいストーリー。わたしは被害者で、前田里実が加害者。

「ねえ、もう遅刻だよ、やばいよ。っていうかわたしも中のTシャツ忘れて取りに来たの。人にありえないとか言っといて、自分もありえない状態だよー」

友だちの言葉に、笑ったほうがいいと思ったので笑った。

Tシャツを持った友だちと、体育館へダッシュしながらわたしが思っていたのは、当然ながらリミのことだった。

ごめんね。ごめんね。

わたしは心の中で繰り返していた。あんなに咄嗟に、機転のきく対応をしたリミに驚愕《きょうがく》と尊敬の念もおぼえながら。

初めて二人で会った日に、これ以上しょうもない噂立てられてもウンザリだし、とリミは言っていた。それをわたしは、売春してるとか、教師と付き合ってるとか、昔いじめられていたから誰とも話さなくなったとか、発信源すらもはやわからなくなってしまった、前田里実にまつわる噂全部のことだと思っていた。

でもリミが気にしていたのは、自分にまつわることよりもむしろ、わたしがそこに巻き込まれることだったんじゃないだろうか。

「にしても前田さん、あの態度は最悪だよね。親切で声かけてあげてるっていうのに」

友だちが言い、わたしは何も答えられない。最低で最悪な自分を恥じながら、早く河川敷でリミに会いたい、と思っていた。

わたしたちは今日までに何回、河川敷で会ったんだろう。そんなの、リミにだってわたしにだってわからない。誰にも数えきれない。

あれ以来、学校では一切口を利かないままだった。でもわたしは学校にいる間も、ずっとここで話すことを考えていた。会っていない時間も、リミとの時間だった。

実際、この場所で、数えきれないほどの言葉を交わした。学校の分だけじゃなくて、今までの人生で交わらずにいた分の時間を、取り戻そうとするかの勢いで。何を話しても楽しかったし、何を話しても受け入れてもらえる気がしていた。

あと何回ここで会えるんだろうと考え始めたのは、年が明けてからだ。でもそれは口にはしなかった。受け入れてもらえないのが怖かったんじゃなくて、口に出すことで、終わりをさらに意識してしまうことになるから。

今日も、こんなに緊張しながらも、あと何回だろう、という心配はわたしの胸をかすめている。

「寒いね」

リミが言う。吐く息が白い。もう何度も聞いたし言った言葉だけど、寒いね、と同じく繰り返す。

「緊張してるんでしょう」

寒さで頰《ほお》を赤くさせたリミが言う。こんなに寒くても、移動したいとは思わない。多分リミも。

「してないよ」

強がった。白い息で。

明日はわたしの短大受験日なのだ。受験とはいえ、内部進学者は面接だけの簡単な試験だ。それでも周囲に伝わるほど緊張している自分が情けなく思える。

「してるくせに」

何も返せずにいると、リミは自分のカバンを取り、ごそごそといじり始めた。キーホルダーも何も付いていないカバン。年が明けてから、三年生は自由登校になっていたので、ここでも私服で会うことが多かったのだけれど、今日は登校日だったのだ。

「これ、受験のお守り」

厚手の小さな白い布袋を手渡される。

しぐさから、ここで初めて会った日に、リミがわたしに石を見せてくれたことを思い出した。

受験のせいじゃなくドキドキしながら、袋を結んでいたリボンをほどく。天然石のブレスレットが姿を現す。お守りと言うから、石関連だろうかとは思っていたけれど、まさかブレスレットとは。嬉しさに言葉を失ってしまう。

「これがソーダライト、これがフローライト、これがラリマー。ソーダライトもフローライトも、学力アップの力を持ってるの」

わたしは黙ってうなずく。ラリマーを説明しなかったのは、もう何度も話しているからだろう。リミが一番好きな石。何度も聞いたから、心の安静と調和に役立ち、マイナスの感情を浄化してくれる、愛と平和を象徴するという説明も含めて記憶している。

「どれも、あたしが持ってた石で作ってもらったんだ」

リミの言葉に、さらに感激して、ありがとう、としか言えなかった。わたしはそのましばらく、ブレスレットを見つめていた。それからコートとセーラー服の袖《そで》をまくり、ブレスレットをつけた。

「ありがとう」

同じ言葉を繰り返した。

「あたし、成績悪いから、御利益ないかもしれないけどね」

リミが言うので、わたしは笑った。

「だめじゃん、それじゃあ」

「じゃあ返して」

「もうもらったし」

リミがわたしの腕をつかみ、ブレスレットを外そうとする。真剣じゃないのはわかっているけど、わたしも本気でいやがるふりをする。しばらくくだらないやりとりを続けた。

「無駄に疲れた」

「無駄に疲れた」

まったく同じタイミングで、まったく同じ発言をした。ここで会って話していると、しょっちゅう起きることだ。わたしたちは少し笑った。こんなところで何やってるんだろうね、と言い合って。

「短大生になるんだね」

「東京で専門学校生になるんだね」

言い方を真似《まね》した。リミは四月から東京の専門学校に通うのだ。美容師になるのだという。もちろんこの場所で聞いた話だ。

「遊びにおいで」

なんだか年上の親戚《しんせき》みたいな言い方だ。

「うん」

「寂しいんでしょう」

リミは川の方向に目をやりながら、どこか嬉しそうに言う。わたしは少しのあいだ黙った。

「寂しいよ」

ブレスレットを見つめて触れながら言った。冗談めかして聞かれたとわかっているし、同じようなトーンで返すことなんてたやすいのに、そうしなかった。リミが東京に行くのは寂しい。この場所で会えなくなるのは寂しい。どのくらい寂しくなるか、想像もできないくらい寂しい。

わたしの言葉は、やはり意外だったらしい。リミはわたしをじっと見つめた。ゆっくりと口を開き、確かめるみたいに言う。

「あたしも寂しい」

しばらく見つめ合った後、わたしたちはどちらからともなく顔を近づけていった。唇が触れる瞬間に目を閉じる。座っているコンクリートも、顔に当たる空気も、ぶつかっている鼻も、何もかもが冷たい中で、リミの唇だけがあたたかい。

恐れるもの

部下の結婚式から帰宅した夫は、どこか不機嫌そうだった。さっさと着替えを済ませて、引き出物の入っているらしい紙袋を床に置いたついでのように、そういえばこれ、と何かを手渡してきた。渡されたものの正体を知った瞬間、わたしは倒れ込みそうになった。

何も飾りのない、シンプルなゴールドのアンクレット。

けれど動揺は一瞬、けして悟られることのない程度におさえ、わたしは普段どおりの声で訊《たず》ねた。

「どこにあったの？」

「ベストに入ってたんだよ。どうしてこんなところにあるんだ。触ったら違和感があって、取り出したらそんなものが出てくるから驚いたじゃないか」

「不思議ね。なくしたと思ってたのに。ごめんなさい」

夫が怒っているのは、アンクレットそのものにではなく、戸惑いのせいだとわかっていた。予期しないものが現れたときに、この人はひどく戸惑い、不快感を示す。おそらく攻撃ではなくて防御なのだろう。

「管理が悪いんじゃないのか」

「ごめんなさい」

思ったとおり、アンクレットそのものについては、何も訊ねてくることがなかった。これがアンクレットなのかブレスレットなのか、さらにはネックレスなのか、彼には区別が付いていないだろう。ましてや、いつどこでどうして入手したものなのかなんて興味を持つはずがない。

「スーツ、クリーニングに出しておいてくれ」

「はーい」

わたしは答える。意識は完全に、ポケットに入れたアンクレットにあっても、普段どおりの会話をするのはたやすい。

置かれた紙袋の中身を確認する。いずれも包装された、カタログギフト、バウムクーヘン、ペアのティースプーン。席次表も一緒に入っていて、夫の名前のところには、新郎会社上司、と肩書きが付けられていた。新郎新婦の簡単なプロフィールも書かれていて、お互いの好きなところ、などの項目がある。まるで見知らぬ人たちであるにもかかわらず、微笑《ほほえ》ましい。

新郎は現在三十二歳らしい。三十二歳。あのときの彼と一緒だ。

あのときの彼、と思ってから、西谷《にしたに》、という名前にたどり着くまでにタイムラグがあって、そのことにわたしはショックを受ける。彼の名や存在を、貴重な宝石よりもずっと大切でいとおしいもののように感じていた時期が、確かにあったはずなのに。そこまで遠くない過去だと感じていたのに。

部屋着の夫は、まだ夕方で、さっき帰ってきたばかりだというのに、ビールを飲んでソファでくつろいでいる。数時間前からそうしていたと言われても納得してしまいそうなほど、この部屋の空気も、つけているつまらないテレビも、傷が見えはじめたソファも、彼にぴったりと馴染《なじ》んでいる。

髪の毛が少し薄くなっている気もする後ろ姿に向かって、結婚式はどうだったの、と訊ねてみた。

「まあ、普通」

夫は答える。まあふつう。言い方まで含めて、そう答えるのを、自分は訊ねる前からわかっていたような気がした。

披露宴のフルコースを食べてきた夫はきっと今もまだ満腹であり、既にアルコールも入っているから、もう少ししたらテレビをつけたまま眠ってしまうだろう。ソファで寝ると風邪ひいちゃうから、と起こしても、単にいやな顔をして、うるさいな、と言うだろうと知っているので、そっとタオルケットをかけておくだけだ。目を覚ましたら、ソファで眠ったことによる体の痛みを訴えながら、小腹すいたな、と言う。そのときには冷凍してあるごはんでお茶漬けを作ればいい。まるで既に同じ日を何度も経験したかのように、わたしは思う。

包装紙と熨斗《のし》を古新聞を入れる袋の大きさになるよう畳み、バウムクーヘンを冷蔵庫に入れる。畳む動作をする自分の手の皺《しわ》が、やけに深く、多くなった気がしてしまう。きっとさっき、過去が一瞬よぎったからだ。西谷と恋愛関係にあった五年前、三十八歳だったときにくらべ、わたしは確実にそれだけの歳《とし》を重ねている。手だけでなく皺は増えたし、肉付きも変わってきた。ソファでくつろぐ夫同様に、お腹が出てきているし、背中の肉もつまめるほどになっている。あの頃《ころ》のように自分の爪《つめ》を手入れしたりすることもほとんどなくなったし、外出時にも同じ服ばかり着ている。

先ほど小さな写真で見ただけの新郎新婦に思いを馳《は》せる。彼らはきっと、夢を持って結婚し、信じられないほどの幸福に包まれていることだろう。彼らの幸福が永遠に続くようにとは思わない。そんなことは不可能だから。ただ、長く勘違いできたならいいと思う。自分たちは幸福であるのだと、勘違いしつづけられるなら、それはきっと本当の幸福になるのだ。

夫が眠り、起きるまでに、片付けを済ませてしまおう。寝室に脱ぎっぱなしにされているであろうスーツやワイシャツ、ネクタイも。そして、アンクレットが入っていたというベストも。

さっきまで名前すら思い出せていなかった男の顔を、改めて浮かべようとしてみると、ポケットのアンクレットが、急に重たくなった気がした。

西谷とは、わずか一年足らずの関係だった。アンクレットをもらったときの話をするには、彼との関係を語る必要があり、彼との関係を語るには、時間をさらに巻き戻し、十年以上さかのぼる必要がある。


三十一歳の夏、わたしは妊娠した。

妊娠がわかったとき、わたしも夫も心から喜んだ。ずっと望んでいたことだったから。不安もあったけれど、期待や嬉《うれ》しさの前ではかすんでしまう程度で、互いの両親も、今からいろいろ用意しなきゃ、とこっちが苦笑してしまうほど張り切っていた。

自分の中に、新しい命がある。

歴史上、数限りなく繰り返されてきた営みであるにもかかわらず、自分の身に起きることとしては間違いなく特別で唯一のものだった。目に映る見慣れた景色が明らかに以前よりも色づいていて、何をしていても、誰《だれ》といても、どんな仕事をしていても、心が穏やかになれるようだった。世界中に祝福され、また世界中を愛せるような感覚。味わったことのないものだった。

あの日、産婦人科に行くときも、わたしは上機嫌だった。前日の夜の食卓で、夫が子どもについて話していたプランを思い出し笑いしたりするほどだった。

なのに。

「今まで、生理周期は順調だったでしょうか」

担当医に訊ねられ、はい、と即答した。どことなく怪訝《けげん》な表情を見せる担当医に、十代の頃にダイエットしていて、何度かくるったことがある気もします、と言い直した。

彼があらわす怪訝さは減らなかった。

「周期は二十八日と書かれてますけど、これは間違いないですか」

「はい」

さっきと同じように即答したけれど、声の調子は弱まったかもしれない。彼はこれから何を言おうとしているのか。

何か問題があるんでしょうか、と聞こうとするより一瞬早く、担当医が、小さいんですよね、と言った。

「小さい？」

「胎児の大きさが、今の感じだと、十週に満たないんですよね。お伝えしていただいているとおりなら、十三週のはずなのですが」

「小さいと問題があるんですか」

わたしは訊ねた。もっと栄養を摂《と》るとか、あるいは点滴をするとかいう必要が出てくるのだろうか。

「すみません、小さいというのはですね、単刀直入に言うと、胎児が育っていないかもしれないということなんです」

「え」

わたしは思わず声をあげる。大きな声を出してしまったと思ったのに、実際に自分の耳に届いたのは、弱々しい響きだ。

胎児が育っていない？

「それは、死んでいるってことですか」

重ねた質問の声がかすかに震えてしまい、わたしは自分の両手をきつく握る。手のひらに爪がわずかに食い込むほど。

否定してほしかった。いやいや、そういうわけじゃないです、と。けれど担当医は否定せず、目の前に置かれた、超音波映像のプリントを見つめながら、心臓の動きが見えないんですよね、と独り言のようにつぶやく。

「今後の経過を見ていきましょう、としか今の段階では言えないですね。もしかしたら周期がずれていて、これから育っていくということかもしれませんし。いずれにせよ今の時点では、不確定な部分も大きいので、こちらでははっきりとはお伝えできない状態です」

「あの、もしも、死んでいたとしたらどうすれば」

どうすればも何も、そうだったならどうしようもないのだと、自分の発言の矛盾に気づく。

死ぬ、という言葉が、自分で口にしているのにいちいちひっかかる。子どものときから考えれば、今までに何度口にした単語だろう。死ぬまで、とか、死んでも、とか簡単に発していた言葉が、今日はまるで違う重さで体の中を巡っていく。

「普通は流産になりますが、もし体にとどまるようなことがあれば、手術で出す必要が出てくるかと思います。ただそれも、今の状況ではなんとも」

そう言って、担当医は首を横に軽く振った。わたしは担当医のデスクに置かれた超音波映像のプリントに目をやる。子宮の中の黒い影。子どもという確かな実感はまだないものの、生きているのだと信じたい。この一ヶ月、出産後のことばかりを考えていた。

次の診察は来週ということだった。それまでには胎児の成長も見られるかもしれません、と担当医は言った。わたしはただ相槌《あいづち》を打つばかりだった。

「あまり悪いことばかり考えないようにしてくださいね。母体のストレスは赤ちゃんに悪影響ですし、もし早期流産ということであっても、けして少ないことではないんです。

責任を感じたり、気に病んだりする必要はないですから」

　わたしは、今日何度目かわからない、はい、という返答をした。他に言えることなんて思いつかない。

　診察室を出て、会計を済ませて病院の外に出ると、青空が広がっていた。病院に入ってきたときも晴れていたから、そう変わりはないはずなのに、まるで違う風景に見えた。帰りにスーパーに寄って、食材を買うつもりでいたのに、そんな気持ちにはなれなかった。自分の足が、自分のものじゃないみたいに重く感じられる。

　かといってまっすぐ帰宅する気にもなれず、駅前のコーヒーショップに吸い込まれるように入っていく。レジで氷少なめのベリージュースを注文した。コーヒーをはじめとする、カフェインが含まれるドリンク類は、妊娠がわかってから避けていた。

　ジュースをカウンターで受け取り、壁に向かうスツールに腰かける。一つあいた隣には、サラリーマン風の男性が座っている。

　妊娠。胎児。出産。周期。流産。

　今日言ったり聞いたりした単語や、夫をはじめとする、それぞれの両親、友人、同僚といった、妊娠を報告した人たちの顔が浮かんでは、近づいたり離れたりしながら、けして消えることはなく巡りつづける。

　明日会社に行ったなら、同僚からは、どうだったと聞かれるだろう。できていなかったんです、と言い切ってしまっていいものだろうか。担当医は、胎児が成長している可能性もゼロではないような口ぶりだった。どんなふうに伝えたなら、たとえ予想外の結果になったとしても、不自然でなく受け入れてもらえるだろう。

それに明日の問題ではない。まず、夫。

帰宅した夫はあらゆることを訊ねてくるに違いない。万が一訊ねてこなかったとしても、それはあくまでも、わたしから話すのを待っている状態であって、話さないまま済むことじゃない。

少なめの氷であっても、プラスチックカップの中の液体は、先ほどよりも明らかに冷えている。冷たい液体が、体のどのあたりを通り過ぎていくのかがわかる。

わたしはカップをテーブルに置くと、両手でお腹に触れてみた。

《ここにいるの？》

《育っているの？》

口には出さない問い。答えが返ってくることのない問い。

目に見える範囲での自分のお腹は、さほど変わったようには見えない。食事をたくさんとったときには膨らみ、落ち着くとまたへこんでいる。ここに何か、しかも人間、がいるだなんて、やっぱりまだうまく信じられない。

ただ、信じられないと言ったり思ったりしつつも、わたしはその見知らぬ存在を受け入れることばかり考えていた。既に命名辞典も本棚の片隅に並べたし、妊娠経験者である会社の先輩から、いろいろ気をつけたほうがいいことなども聞いていた。

「来年は三人で過ごしてるんだろうなー」

昨夜夫がそう言ったとき、ふふふ、とわたしは笑っていた。イメージしてみたその光景にも、彼がイメージしているということにも、笑いをこぼさずにはいられなかったから。あの瞬間に戻りたかった。戻るだけではなく、永久保存しておけたのならよかった。強固だと思っていた足場は、いとも簡単に崩れ落ちてしまう。ぼろぼろと足場が崩れる中で、わたしは夫とつないだ手を、最後まで離さずにいられるだろうか。

ここでなら泣ける、と思っていた。目の前にあるのはただブラウンの壁。店内の従業員も他のお客さんも、さまざまな事情で忙しそうで、一人でやって来た女性客にさほど関心を抱《いだ》いている様子もない。ここで静かに泣いて、涙を紙ナプキンで拭《ぬぐ》ってしまえば、きっと何事もなかったように立ち去り、また日常に戻っていける。スーパーで買い物を済ませて、夕食の準備に取りかかれる。

組み立てているシナリオは、なんら問題なく感じられるのに、なかなか実現できそうにはなかった。一筋だけ涙が頬《ほお》を伝う。すうっと流れていった。爽快感《そうかいかん》なんてまるで伴っていなかった。生理現象みたいなもので、その一筋の涙さえ、すぐにおさまってしまう。泣けない、泣きたい、と思っているうちに、泣けないのも泣きたいのも、本心なのかわからなくなってきてしまった。

一週間後の病院帰りに、またわたしはここに立ち寄るのだろうか。それともまっすぐにスーパーに行くのだろうか。どんな結果が待ち受けているのだろう。

さらに冷えたように感じられるベリージュースを口にする。まさか一週間も経《た》たないうち、四日後に病院に行くことになるとは、かけらも予感していなかった。


腰のあたりがだるく感じられた。それ自体は妊娠してから時々あったものの、お腹まで重たく感じられて、痛みと認識するのに時間はかからなかった。上司に伝え、会社を早退した。ただでさえ遅刻や欠勤が増えていたので申し訳なかったが、幸いにもさほど忙しい時期ではない。

電車の中で、だるさや痛みは強まっていき、帰宅すると倒れ込むようにベッドに入った。横になると、さすがに眠れそうにはないけれど、ほんの少しラクになる気がした。

ゆっくりと深呼吸をする。腹部に意識をやると、眉間に皺《しわ》が寄ってしまう。四日前に言われた、胎児が育っていない可能性というのを、痛みによって突きつけられている気がする。

大丈夫、大丈夫、と自分に言い聞かせているうちに、どれくらいの時間が経っただろう。うとうととして、夢と現実の間を漂っていたらしかった。はっと目が覚める。

ゆるめてはいたが、ブラウスとスカートのままで横になってしまっていた。皺になってしまう。

着替えなきゃ。

ゆっくりと立ち上がったときに、下腹部に違和感をおぼえ、慌ててトイレに向かった。生理のときに出血する感覚と同じだった。何かが起きたに違いない。わたしは青ざめる。流産を確信した。

どうしよう。

トイレで確認し、流れ出ているものが、血ではなく透明な液体だと知った。流産ではないのかもしれない、とホッとしたのもつかのまで、待っていたように、出血が起きた。けして少なくない量。むしろかたまりと言ってもいい。

腹痛の強さよりも、出血の多さが恐ろしい。手から始まった震えが、全身のものへと変化していく。

胎児は、どうなっているのだろう。

結局、出血がおさまったタイミングで立ち上がり、生理用ナプキンを付けて、タクシーで病院へと向かった。夫にはメモを残しておいた。タクシーの中でも出血の感触はおさまらず、運転手に、具合が悪いんですか、と心配の言葉をかけられた。バックミラー越しに見る自分の顔色は、今まで見たことがないほど青白い。

受付で症状を伝えると、いつものように待たされるのではなく、すぐ別のフロアにうつされる。尿検査をするように言われ、カップを渡されたが、尿はほとんどとれず、血のかたまりがカップの中におさまっていた。

担当医のところに通され、症状を伝えるなり、超音波で診察することになった。機器を入れてすぐに、残念ですが、と言われ、その続きは聞きたくないと思った。耳をふさぐこともできなかった。

「残念ですが流産しているようですね」

流産。予感はしていたのに、改めて言葉にされると、一気に自分自身がカラッポになってしまう気がする。いっそこのまま消え去ってしまえたほうがラクだけれど、不可能だった。

子宮内に残っているものを出してしまう必要があるということで、手術することになった。いきなりの展開に驚く余裕すらない。子宮内に存在するのは、胎児ではなく、残っているもの、になってしまったのだ。

手術を終えて、目を覚ましたベッドの横には、夫がいた。仕事を終えて、メモを見てやって来たらしい。

「大丈夫か」

夫の声はいつもとなんら変わりないようだったけれど、まっすぐに目を合わせることはなかった。わたしは夫と向き合いたかった。だからまっすぐに彼を見ていた。夫はわたしの向こう側、白い壁あたりを見つめていた。そこに何があるわけでもないのに。彼のしている薄い黄色のネクタイは、付き合っている頃にわたしがプレゼントしたものだ。

夫がナースコールを押す。起きたら呼んでくださいって言われたんだ、となぜか彼は言い訳のようにつぶやいた。

「ごめんなさい」

横になったままで言葉を発すると、それがスイッチだったかのように、いきなり涙が溢《あふ》れ出してきた。夫も困惑しているようだったし、自分自身も戸惑ってしまう。麻酔が効いているのか、今は痛みもないし、全体的に感覚も希薄なのに、涙はどんどん溢れ出し、鼻水が呼吸を苦しくさせる。

やってきた看護師と担当医は、涙を流すわたしに、大変でしたね、今回は運が悪かったですね、残念です、と柔らかく語りつづけた。

わたしをなだめながらも、今回の事態について説明を終えた彼らがいなくなり、再び夫と二人きりになった病室で、わたしはようやく泣きやんだ。

不全流産、という名称を初めて聞かされた。完全でも不全でも、結果が同じなら関係ないと思った。名称に意味なんてなく、ただ空《むな》しさだけが絶対的だ。

「ごめんなさい」

わたしは先ほどと同じ言葉を夫にかける。意味合いは異なっていた。泣いたことに対する謝罪のつもりだった。さっき、看護師と担当医がいる間、立ち上がった夫がやけに居心地悪そうに落ち着かない様子だったのは、わたしの涙のせいもあるに違いなかった。わたしは夫をじっと見つめた。今は夫は壁ではなく、下、わたしのいるベッドに目をやっている。けしてわたしのほうは見ない。

「仕方ないな」

夫は言った。涙のことではなく、流産のことらしかった。仕方ないよ、と語尾だけを変え、夫は繰り返した。わたしにではなく、自分に言い聞かせているようでもありながら、どこか吐き捨てるような言い方だった。

せめて目を見て言ってほしかった。夫の言葉は、わたしも受け止めきれずに、ただベッドシーツに吸い込まれていく。

原因は不明なんですが、生活や精子や卵子に問題があったというわけではないんです、と担当医は言っていた。運みたいな問題なので、誰の責任でもないんですよ、と。

誰の責任でもないという担当医の言葉と、仕方ないという夫の言葉が、病室の壁に張りつくかのように思われた。白い空間の中で、わたしたちは二人とも、途方に暮れている。

流産以来、夫はわたしとのセックスをやめた。最初の三ヶ月は妊娠しないようにと注意されていたので、そのせいだろうと思っていたのに、言われた三ヶ月が過ぎても、半年が過ぎても、彼は以前のようにわたしの体に触れてくることはなかった。セックスだけでなく、キスも抱擁《ほうよう》も失われていた。

一度、わたしから求めたことがある。夜になり、夫の眠るベッドに入り、彼の腰に腕を回した。彼はこちらに触れてこようとはしなかった。なおも接触をつづけていると、彼はわたしの手に自分の手を重ね、動かすのを止めた。わたしが何か言おうとするより先に、苦しげに、小さな声で夫が言った。

「ごめん、そういうんじゃないんだ」

謝られてしまい、わたしは離れるよりほかなかった。ハッキリとはわからないながら、とにかくわたしは、そういうものではなくなったのだ、と認めざるをえなかった。

触れ合うことのない半年が一年になり、二年になり、さらさらと時間は流れ、降り積もっていった。

もうこのまま一生セックスをしないかもしれない、と思いはじめていた、早くも余生のように感じられていたわたしの人生の前に現れたのが、パートをしていた先のスーパーで、社員として勤めていた西谷だ。わたしは、流産によって、なんとなく居づらくなってしまったように感じられ、会社を辞めていた。

誘われて行った、本来はパートは参加しないはずの、別の社員の送別会の帰り道で、西谷にキスをされ、そのまま彼の住むアパートで関係を持った。現実感が伴っていなかったのは、アルコール以外のせいもあるに違いなかった。

それから週に一度は、彼の部屋で会う日々が続いた。

自分が夫以外の男性と関係を持つことなんて、ありえないと思っていた。想像したこともなければ、願望もなかった。

思えば、西谷との関係は、始まりだけでなく、過ごした日々そのものの記憶が、どこかぼんやりとしていて、現実味を欠いている。誰かの話を聞かされているみたいだ。いまだに、自分の身に起こったことだとは感じられない。

夫に対し、遅くなる言い訳を考えることも、毎日顔を突き合わせる食卓で西谷について黙っていることも、困難ではあったけれど、苦ではなかった。

西谷と関係を持ちながら、わたしは自分の存在をなぞられている気がした。彼が触れることで、体がはっきりと重みや形を伴っていく。ぼやけていたのはこれまでの人生であり、こっちこそが現実であるのだと知らされているように感じていた。離れてしまえば、今度は彼との逢瀬《おうせ》が夢の中のことのように思えるのに。

彼の部屋ではいろいろなことが起こった。主にセックスだけれど、それだけではない。アンクレットをもらった場所もそこだった。物が少ないにもかかわらず、どこか雑然としていて、彩りがなく、いかにも男のものという感じがする部屋。

アンクレットをもらった日。お茶をこぼしたしみの残っているベッドで、わたしたちはいつものように抱き合っていた。壁が薄いため、隣の部屋に住むおばさんに聞かれないよう、あまり声を出さないようにして。もっとも、そのおばさんの存在は、彼から話として聞くだけであって、実際の姿を目にしたことはなかった。

攻撃のように感じさせる部分を持つ、彼とのセックスを終え、わたしはいつのまにか、眠ってしまったようだった。目覚めたのは、足首に触れるものに気づいたからだ。

びくっと音がしてしまいそうなほど体を揺らすと、下から、起きちゃったね、と楽しそうに言う彼の声がした。足首に触れたのは、彼の手と、他にも何かありそうだ。

「起こさずにつけたかったんだけど、うまくいかないね」

そう言うと、また彼は笑った。つける？　わたしは胸を布団で隠しながら、上半身を起こし、彼が何をしていたのか確かめた。

布団から飛び出していた自分の右足首で光る、金色の存在が目に飛び込む。

「え、これって」

「プレゼント。先月、誕生日だったんでしょう。何も言ってくれないから知らなかったよ」

「そんなの」

気にしなくていいし、祝うほどめでたい歳でもないし、と言いたいことはいくつか思いついたのに、突然のことで、驚きと嬉しさが押し寄せて、うまく言葉が出ない。

「迷惑だった？」

足元から、まっすぐな視線を投げかけられて、慌てて首を横に振った。すごく嬉しい、と答える。今まで敬語で話していたので、まだ気安く話すのには緊張が残る。彼はどうして普通にできるのだろう。前に伝えたら、セックスまでしておいて言うことじゃないでしょ、と笑われてしまった。

「よかった。遅くなったけどおめでとう」

彼が近づいてきて、布団越しに抱きしめられた。重みが伝わる。会った瞬間とは匂《にお》いが変わった気がした。

「ありがとう」

わたしは抱き合ったままの姿勢で言った。

足首でアンクレットが小さく音を立てる。冷たい感触も無機質な金属音も、あたたかな幸福の象徴に感じられる。

こっそりと息を吸い、また彼の匂いを深く確かめた。

予想どおり、スーツ類は脱ぎっぱなしにされていた。スーツ、ワイシャツ、ネクタイ、ベスト、靴下。

横目で見ながら、わたしはポケットの中のアンクレットに触れる。冷たい感触。そのまま握り、外に出した。

壁際に置かれた白いサイドボードから、ジュエリーケースを取り出す。大したものは入っていない。仕切られた空白の一つに、アンクレットを流し込むように入れる。チャラ、というようなかすかな金属音がした。

ジュエリーケースの蓋《ふた》を閉め、またしまい込む。

最初からこうしておかなかったのは、五年前にはもっと、夫がわたしへの関心を持っていると感じていたからだ。見知らぬアクセサリーに気づいたなら、それはどこでどうしたのか、と聞く程度の関心。

だから結婚式用のベストのポケットにしまい込んだのだ。夫が結婚式に出席することはほとんどない。隠し場所として最適だと思った。実際にそれは正解だった。もっとも、隠した本人であるわたしが忘れるなんて、思ってもいなかったけれど。

五年前には本当に夫の関心があったのかどうかわからない。今日と同じだったかもしれない。ただ、あるようにわたしは感じていた。それが単なる勘違いであっても。

幸福も関心も、すべて勘違いで構わないのだと、今わたしは思っている。五年前や十二年前には存在していなかった感情だ。この思いはいつわたしの中にやって来て、育ったものなのか、自分でもわからない。

スーツを簡単に畳みながら、ベッドに目をやる。夫が留守のうちに、シーツやカバーを取り替えておいた。夫は気づかないか、気づいても特に礼を言ったりはしないだろう。はなから期待などしていない。

二つ並んだベッド。夫とは、もう十年以上、体の関係を持っていない。今でもわたしは、消えない重い荷物をどこかに背負ったままでいる。夫もそうに違いない。同じ荷物であるはずなのに、二人で分かち合うことはできず、それぞれの重さについて語り合うことすらできない。

西谷との関係は、彼が、若いアルバイトの女子大生と付き合いはじめたと噂《うわさ》になるまで続いた。噂の真偽を確かめることはなかったけれど、わたしがスーパーを辞めることを決め、もう会わないと言ったとき、彼は止めることがなかった。それが答えに違いなかった。こじれないうちに別れられたのは、きっと幸せなことだったのだろうと思う。

クリーニングに出す前にと、スーツのポケットの中身を確認してみると、かさりと手に触れるものがあった。取り出すと、折り畳まれた紙だった。何だろう、と思いながら開くと、そこには夫の文字で、箇条書きのように、人の名前や短い文章が書かれていた。結婚、という単語が含まれていて、どうやら今日の乾杯のためのメモらしいと気づいた。席次表のプログラムにも、乾杯の挨拶《あいさつ》をする人として、夫の名前が書かれていた。いつのまに考え、記していたのだろう。

わたしは手を止めて、またベッドに目をやる。

《雄祐《ゆうすけ》くん　絵理香《えりか》さん》

細かく折り畳まれたメモの一行目にはそう書かれていた。さっき見た新郎新婦の名前と一致している。

《結婚で大切なのは対話

けして相手の気持ちを決めつけない　思いこまない

時には時間を持ち　相手の思いを深く知り自分の思いをはっきりと伝える

恐れるのはいさかいではなく誤解やすれ違い

一番の理解者であり味方としての存在》

何度も読み返してしまったのは、文面の意味がわからなかったのではなく、意味と夫の存在がつながらなかったからだ。夫は乾杯のスピーチとして、このメモに基づくことを話したはずだ。

雄祐くん、絵理香さん、ご結婚おめでとうございます。

そう話し出すスーツ姿の夫を想像するのは、困難なことではない。むしろ容易だ。

結婚生活において大切なのは対話です。けして相手の気持ちを決めつけたり、思い込んだりすることなく、ときには立ち止まり、時間を持って、相手の気持ちを理解しようとし、また自分の気持ちを伝えてください。いさかいを恐れるのではなく、誤解やすれ違いを恐れてください――

話している夫自体は、こうもたやすくイメージできるし、表情までもありありと浮かぶのに、うまく受け入れられない。

ねえ、あなたはわたしを味方だと思ってる？

あなたはわたしを一番の理解者だと思ってるの？

わたしたちの間に対話はあるの？

炭酸水のように、次々と心に疑問の泡が浮かび上がってくる。どれもぶつけることはできず、ただはじけていくのを待つばかりだ。黙っていれば炭酸は抜けていく。またただの水に戻ればいい。

さっきまでアンクレットを入れていた、自分のスカートのポケットに、見つけたときと同じ形に折り畳んだメモを入れる。かさりと音がする。

夫はスピーチのメモを探すだろうか。もし探すことがあっても、見つからなければ、さして気にも留めないだろう。アンクレットについて、多少の疑問をおぼえたとしても、まるで口にはしなかったように。メモが見つからない状況を、仕方ない、と思うだろう。

「仕方ないな」

わたしは十二年前の夫を真似《まね》て、そう小さく音にしてみる。あらゆることは仕方ないことなのだ。

先生、

先生、とわたしは話しかけたのだった。苗字《みょうじ》を忘れたわけではなかったけれど、咄嗟《とっさ》に口から出たのはその単語だった。

声にするまでに、ためらいはあった。人違いかもしれないと思った。なにしろ何年も会っていない。何度も違う角度から確かめてから、近くに行ったのだ。

「ああ、えーと、久しぶりだね」

返事の言い方で、先生がわたしの名前を憶《おぼ》えていないことがわかった。少しだけショックだったけど、無理もなかった。教職員の数と生徒の数は、くらべるまでもない。ましてやクラス担任だったことがあるわけでもないのだから。

幾田《いくた》です、と名乗った。

「幾田さんは今は大学に行ってるのかな」

うなずき、わたしは自分の通う大学と学部を告げた。三年生になったばかりであるということも。先生は、何人かの同級生の名前を挙げた。いずれも同じ大学に通う子たちだった。よく憶えてますね、とわたしは言った。今度は先生がうなずく。

「あっというまだな」

合わせるように、わたしはまたもうなずいたけれど、思っていたのは時間の流れの速さというより、先生の変化についてだった。確実に白髪《しらが》は増えているものの、髪形や、細かいチェックのシャツにグレーのパンツを合わせた服装、彼のまとう雰囲気は数年前と同じに感じられた。細い体形も、シルバーフレームの眼鏡も変わっていないように見える。

わたしが在学中、四十代後半だったはずだけど、もう五十歳になったのだろうか。

「もう就職のことも考える時期かな」

「そうですね。一応、教職課程も取ってるんですけど」

言ってから気づいた。そうか、先生に相談すればいいのだ。ここで会ったのも何かの縁なのだから。

「あの、これからお時間ありますか？　一時間とか、三十分くらいでいいんですけど」

「これから？」

先生は一瞬、眉《まゆ》をあげて細い目を開いたけれど、不快というわけではなさそうだった。驚きが大きかったのだと思う。表情を見て、唐突すぎたかもしれない、と反省した。

わたしには昔からそういうところがあった。深く考えることができずに、思いつきでのだけれど。

言ったり動いたりしてしまう。言い訳のようにこう付け足した。実際に嘘《うそ》ではなかった

「実は教育実習のことで悩んでいて」

教育実習、という単語に、先生が納得して深くうなずく。二回。

「とりあえず、他にも借りたい本があるから、それを探して手続きしてからでも大丈夫かな」

言われて、先生も、そして自分も、本を持っているのだということを思い出した。わたしたちは市立図書館にいるのだ。中央図書館は、市内にある四つの図書館のうち、一番大きい。先生が持っているのは星座に関する本のようだった。意外に感じた。

「もちろんです」

わたしは言った。

「先生じゃないんだからさー」

ひどく騒がしい居酒屋の店内で、見知らぬ誰《だれ》かの高い声が鮮明に耳に飛び込む。偶然じゃない。

カクテルパーティー効果。取っていた心理学の授業で習った言葉だ。パーティーのような騒がしい場所であっても、自分の名前や興味のある言葉だけは聴き取れる、選択的

注意。

先生、という単語が、わたしにとってはひどく愛《いと》しくて苦しい。

「あれ、なんか考え事しちゃってる？」

目の前の男の子に話しかけられ、笑って首を横に振る。この人の名前をもう忘れている。きっと帰りまで、というか帰ってからも思い出すことができないだろう。

先生の話をしているのは、わたしたちのいるテーブルからだいぶ離れたところにいる人たちで、どうやら同じように大学生らしい。彼らの話している先生は、わたしが思っている先生のことじゃないのは知っているのに、どうしてもほんの少しだけ、引っ張られるように話が気になってしまう。

もはや恋とも執着とも違う、単なる病気のようなものかもしれない。何をしていても、どこにいても、先生のことばかりだ。

目の前の人から向けられる、お酒は強いのかとか、好きなお酒はとか、答えても答えなくてもよさそうな質問の一つ一つに答えていく。合間に、隣の友だちの話にも突っ込みを入れたりする。わたしは聖徳太子じゃないけど、そんなのはたやすい。心がここになくたって、会話を続けることはできる。だけど何も楽しくはない。

どうでもいい話を続けながら、わたしは自分のバッグの中で眠る赤いボールペンを思い浮かべている。

うか、発見した。

普通のものとはまるで違う。先生の赤いボールペン。二週間前にもらったボールペンのことは、今日になって思い出した。思い出したとい
忘れていたのではなく、封印していた。最後に二人きりで会ったときの服もバッグも、洗いもせず、そのままベッドの下の引き出しにしまい込んでいたのだ。飲み会への参加を決めて、ようやくバッグの中身を整理する決心がついた。

歳《とし》相応の皺《しわ》が刻まれた手で、先生がわたしに渡してくれた赤いボールペン。あの手に触れたこともあったけど、感触は日に日に遠くなっていく。何度でも光景を頭の中でリプレイさせることはできても、きっと微妙にずれて変わっていくであろう記憶。

だいぶ離れたテーブルの、大学生らしき人たちは、気づけばまるで別の話をしている。もう先生という単語は出てこない。

「記憶なくなるほど酔っぱらったことある？」

目の前の男の子からまた向けられた質問に、わたしは首を横に振る。ないよ、と言う。先生との記憶を消せるなら、酔っぱらってもいいかもしれない。でも本当は消したくない。消えるはずもない。

夏に母校の中学校で教育実習の予定があった。期間も短く、中学校の夏休みに行われ

るため、実際に授業を行うのは特別登校日の一回だけで、あとはほぼ研修の、来年の本格的な実習にくらべれば予行演習程度に過ぎないものだ。とはいえやはり、わたしは緊張していて、不安もあった。

わたしからの、生徒への態度や授業の進行方法といった根本的な疑問に始まり、黒板で書く文字の大きさや服装などのわざわざ聞かなくてもよさそうな質問にいたるまで、先生は丁寧に答えてくれた。ときには笑いを交えながら、にこやかに。

聞きたいことをひととおり伝え終え、ようやく落ち着いた気持ちになってカフェオレを飲んだ。先生はブレンドを飲んでいる。

入ったのは図書館の横にある喫茶店だった。カフェではなくて喫茶店。わたしの年齢よりも長く営業していそうな。小さな音量でジャズが流れていた。店内にはわたしたちと、一人で来ている男性客がいる。それに店主と思われる白髪の男性。

図書館にはよく来るので、何度となく前を通りかかっていたし、店の存在も認識していたけれど、自分がここに入ることを想像していなかった。ましてや高校時代の先生とともに。昨日まで、思い出してもいなかった人なのに。

「卒業生が活躍してくれているというのはいいものだね」

先生はしみじみと言った。

「活躍してないですよ」

「いやいや、こうして近況を聞けるというのは」

わたしたちは黙ってそれぞれの注文したものを飲んだ。特別おいしいわけではなかった。ほんのりとした甘さに包まれた苦味がすぐに顔を出し、広がっていく。

「幾田さんは教師になるつもりなの？」

ずっと気になっていたというよりも、思い出したような聞き方だった。

「まだ決めてないです」

正直に答えた。教職課程は一年から選択しているし、そのために学科以外の授業も多く受けてきた。教員免許自体は取るつもりでいるものの、イコール進路につながっているかというと、揺らいでいる自分がいた。

首をかしげた先生に、わたしは言った。

「やっぱり、教師って大変な仕事ですよね。先生に言うことじゃないかもしれないですけど」

「大変、か」

先生は、大変、ともう一度繰り返す。外国語のように。

「ちょっと怖くなるんです」

一旦《いったん》カフェオレを飲んでから、言葉を続けた。

「生徒の人生を変えていくのかもしれないって思うと。正解がないわけじゃないですか。

あと、生徒ひとりひとりに、同じような好意や熱意を持って関わっていける自信がないんです」

しばらく考え込んでから、先生は、幾田さんは真面目《まじめ》なんだね、と言った。ほめるわけでも、逆にバカにするわけでもなく、自分に言い聞かせるように。

「真面目ってことなんでしょうか」

そう思うよ、とうなずいて、さらに先生は言った。

「実際に教師をやってる身としては、あんまり無責任なことは言えないけど」

先生は口を閉じて、あごに手をやり、さっきと同じように考え込む様子を見せた。再び話し出す。

「僕としては、そうやって悩んだりする人のほうが、いい教師になるんじゃないかなって思うよ。それに、どんな職業についたとしても多かれ少なかれ、誰かの人生に関わったり影響を与えたりするもんだから」

わたしはどんな顔をしていたのだろうか。先生は、わたしを見て、そんなに真面目に聞くほどの話でもないけど、と小さく笑った。

「なんだか教師みたいなこと言っちゃったな」

冗談めかした先生の言葉は、照れ隠しのように思えた。わたしは、進路相談を思い出しました、と笑った。実際には、在学中にわたしが先生に進路相談をしたことはなかったのだけれど。

それからわたしたちは、世間話のようなものをした。先生の憶えているわたしの同級生のことや、図書館のことや、高校の弓道部のことや、先生には娘さんと息子さんがいて、それぞれ大学院生と高校生であることなど。初めて聞く話ばかりでおもしろかった。先生の年齢が五十二歳であることも知った。お父さんの二歳下ですよ、と伝えると、喜ぶことでもないしなあ、と困ったように笑った。それもそうですよね、とわたしも笑う。

帰り際に先生は、今日借りた本以外にもさまざまなものが入っていそうな、いかにも重たく見えるバッグから、メモ帳を取り出した。そしてシャツの胸ポケットから赤いボールペンを。

何かを書きつけている先生の手を見た。見たいと思ったわけではなく、ただなんとなく目がいった。一瞬だったけど、まじまじと見た。刻まれた皺は、年月以外にも、たとえば先生の性格とか、そういうものを表している気がした。左の薬指には、飾りも何もないシンプルな指輪がはめられていた。

もしもまた何か聞きたいことがあれば連絡してくれていいよ、と紙をわたしにくれた。赤い文字で書かれた、０９０から始まる数字が、携帯電話の番号であるというのは即座にわかったけれど、先生と携帯電話をうまく結びつけることができず、戸惑った。

わたしがじっとメモを見ているのに気づき、先生が、どうした、と言う。

「先生も携帯電話持ってるんですね」

「人を前世紀の遺物みたいに言うんだな」

わたしは笑って、そうじゃないんですけど、と言い訳した。

「高校時代は、先生たちが携帯電話を使ってるところって見たことなかったし、想像もしてなかったです。持ってるとか持ってないとか考えてもなかったんですけど、そうですよね、持ってて当然ですよね」

「学校では注意するのも仕事だからね。幾田さんも生徒の前で使っちゃだめだよ」

「はい」

反射的に出た返事が、高校時代のものと同じで、わたしは思わず笑った。先生も、なんだかまだ高校生と話してるのと変わらないな、と言った。

喫茶店の支払いは先生が済ませた。わたしが誘ったから払います、と言うと、黙って首を横に振られた。結局財布を出すこともできず、お店を出てから、ごちそうさまでした、と頭を下げた。

「じゃあ、また。僕はもう一度図書館に寄って行くから。気をつけて帰りなさい」

「はい」

返事はまた反射的に出た。先生のまっすぐに伸びた背筋を見てから、自転車を停《と》めてあった、図書館の駐輪場に向かった。

高校時代は、特別真面目でもなく、かといって注意を受けるほど不良というわけでもなく、簡単に言ってしまえば普通の生徒だった。普通、というものがそもそもあるのかはわからないけれど、クラスに四十人いるとしたら、学力も、運動能力も、いずれも十五番から三十番くらいには入るような生徒。いつも決まった女友だちと、四人で集まって、毎日同じような話をしていた。

先生は一年生の必修科目である日本史の担当だった。入学したときはそれほど好きじゃなかった科目だけれど、先生のことはなんとなくいいなと思っていた。もちろん恋愛感情めいたものは一切ない。教え方が簡潔でわかりやすかったし、たまに挟《はさ》む雑談も、感じが良かった。みんな先生のことは嫌っていなかったと思う。眠っている生徒には厳しかったけれど、それも当然のことかもしれない。一つ上の学年の担任で、わたしたちが三年生のときには、一年生の担任となっていた。

さらに、わたしが先生に良さを感じていたのは、当時好きだった弓道部の先輩の影響がある。彼は、他の人たちに歴史オタクとからかわれるほど日本史が好きで、よく廊下で先生と話し込んでいる姿を目にした。だから先生の授業を受けているときは、いつもより先輩に近づいている感覚があった。

結局先輩とは、付き合うことも、そもそも思いを伝えることもないまま会えなくなってしまったけれど、三年生になって社会の科目を選択する際には、迷わず日本史を選んだ。

高校時代を思い出すときに浮かぶものはたくさんあるけれど、先輩と先生が廊下で話している光景もその一つだ。近くを通りかかることもあったし、中庭を挟んで、反対側の廊下から窓越しに見ることもあった。そんなにしょっちゅう見ていたはずはないのに、やけに記憶に残っている。

二人が何を話していたのかは知らない。多分歴史にまつわることだろうから、聞いたところでわからないだろう。だからこそ余計、魅力的に思えたのかもしれない。自分がわからないことを、楽しそうに話しているのを見るのが好きだった。

先生は今日もそうだったように、いつも背筋を伸ばして歩いていた。姿勢がいいなと思っていたし、友だちの中で話題になったこともあるように記憶している。

まっすぐに歩いている先生は、わざわざ大人だと感じることもないほどの大人で、自分たちとくらべたりもしなかった。内面を想像できなかったし、そもそも想像などしなかった。

高校時代は、自分たちが世界の中心だと疑っていなかったし、いつか、思っているよりもずっと近い未来、高校生じゃなくなることもうまく理解していなかったように思う。

あの頃《ころ》のわたしたちを、先生は、どんなふうに見ていたのだろう。どんなふうに思っていたのだろう。

「マンツーマン英会話習ってるんだけど、ほんっとに話すことがなくて。好きな映画とか聞かれても、俺《おれ》、映画観《み》ないし。だからって観ないとか答えても、話進まないじゃん？　とりあえず、ホタル、って単語と、墓、って単語を電子辞書で英訳して、『火垂《ほた》るの墓』って言ったんだけど、それはどういう映画だ、とか言って、全然伝わらないいんだよ」

そりゃ伝わるわけねーだろ、と他の男の子が突っ込みを入れる。スムーズに話す様子や、周囲の反応で、何度か披露している話なのだろうな、と思った。

合コンには、来るよね？　じゃなくて、来ないよね？　というふうに確認された。事実、今まで何度も誘いはあったのに、ほとんど全部と言っていいほど断っていた。

行く、と答えたとき、一緒に行く子たちは、驚きを隠さなかった。どうしたの、何かあったの、と何度も聞かれた。誘っておいて驚かないでよ、とわたしは笑った。

何かあったのかと聞かれたら、あったと答えるしかない。好きになった人がいたのだけれど、もう会えなくなったのだというストーリーは、わかりやすいし、共感してももらえるだろう。ただ、わたしが欲しいのは共感や優しさじゃなかった。

だから先生のことは、誰にも話していない。大学の友だちだけじゃなく、先生のことを知っている高校からの友だちにも。話したら、きっと驚くだろう。どれほどかわからないくらい。めったに合コンに行かないわたしが合コンに行くどころの驚きじゃないはずだ。

いくらでも続きそうな英会話の話をぼうっと聞きながら、わたしはウーロンハイを飲む。お酒はそれなりに強いと思うけど、そんなにおいしいとも好きだとも思わない。たいして楽しくなるわけでもない。でも、みんな飲むから飲んでいる。先生はお酒が好きだ。それは年齢のせいなんだろうか。もっと年齢を重ねれば、お酒をおいしいと思うようになるんだろうか。

ウーロンハイは、氷が溶けたせいもあるのか、ウーロン茶のようになっている。次は別のものを頼みたいけれど、メニューが遠い。

「あれー、麻由《まゆ》ちゃん、お酒足りてないんじゃない？」

空《から》のグラスに目ざとく気づいた男の子が声をかけてくれる。メニューを受け取った。

違和感をおぼえたのは、彼が少し離れた場所に座っているわたしにわざわざ声をかけてくれたことじゃなく、名前で呼んだことだ。わたしは彼の名前を憶えていない。でもそれも実は問題じゃなくて、気になったのは、下の名前で呼ばれたこと。

こんなに簡単に、下の名前で呼ぶんだな、と思うと、ふっと寂しくなった。この空間が、ひどく先生から遠いことを思い知らされてしまったようで。もともと近いなんて思っていないし、むしろ遠ざかるために来ている部分もあるはずなのに、改めて差し出されて見せつけられた気がする。そしてわたしは、差し出された事実に、律儀に傷ついてしまう。

先生は、わたしを下の名前では呼ばなかった。ただの一度も。

もらった電話番号は、すぐに自分の携帯電話に登録したけれど、連絡はしなかった。もう聞きたいことは聞けていた。

それでも翌週の日曜日、同じような時間に中央図書館に行ったのは、また会えるんじゃないかとどこかで思っていたからだ。どのくらい会いたいのか、会って話したいのか、そんなことは自分でもわかっていなかった。

ゲームのような感覚もあった。駆け引きとかじゃなく、もっと単純な、子どもの遊びのようなものだ。また会えたらおもしろいなと思った。運試しのようなものだった。会えることが当たりなのかどうかもわからないくじ引き。

果たして先生はいたのだった。背筋をまっすぐに伸ばして歩いていた。先週とは違う、ストライプのシャツと紺のパンツを着ていた。

先生、と声をかける前に、向こうも気づいた。おっ、と声には出さなかったけど、口はそう動いていた。

「久しぶりだね」

先生は言ってから、そんなに久しぶりでもないか、と言い直した。

わたしは久しぶりだと感じていた。

数年前はほぼ毎日見かけていたのに、先週まではずっと会わずにいたなんて、改めて考えると、学校という場所の特異性と奇妙さを感じた。

先生の持っていた星座の本に気づき、こないだも似たようなのを持ってましたよね、と言うと、ああ、とはにかんだ。

「今さらこの歳で学ぶのも変だけど、最近、星に興味があって」

「星、ですか」

「星そのものというより、星座神話にね。知り始めるとおもしろくて。さすがに占いには興味ないけれど」

「へえ。おもしろそう」

感想をそのまま伝えると、おもしろいよ、と答えられた。言葉に実感があった。

「わたしも借りてみます。何かおすすめありますか」

「ああ、ちょうど今返したものは、読みやすくてよかったよ。それにしても、幾田さんは真面目だな」

真面目と言われたのは二度目だ。自分自身ではそんなふうに思っていないし、先生以外に言われたことはほとんどない。

「単に興味があるってだけですよ」

わたしは言い、まだ棚に戻されていない、返却コーナーに仮置きされた、先生が返したばかりの本を手にした。

他にもわたしは、教育実習に役立ちそうなものと、好きな小説家のエッセイ本の三冊を借りた。同じように貸出手続きを終えた先生に言った。

「先生、よかったらまたお茶でもしませんか。星座の話を聞かせてほしいです」

口に出した後で、今度は断られても仕方ないかなと思った。前回の教育実習の相談は、先生だからこそ聞けたし聞きたかったことだけど、星座の話は必然性がない。

「ああ、行こうか」

あっさりとした返答だった。

先週と同じ喫茶店で、わたしたちはまたいくつかの話をした。星座神話についてもたくさん聞かせてもらい、ますます興味をおぼえた。店内には若い二十代くらいに見えるカップルがいて、楽しそうに話していたのだけれど、一度こちらを見て、小さくひそひそと何か言ったのがわかった。カップルが先にお店を出たので、わたしは訊《たず》ねた。

「今いた二人、こっちを見てから話してたの、気づいてました？」

ああ、と先生は言った。わたしと同じく、気づいていて、何も言わなかったらしかった。

「どういう関係だと思ったでしょうね。わたしと先生のこと」

言ってから、ずいぶん意味深な言葉になってしまったと気づき、なんか変な言い方しちゃいましたね、そういうことじゃないんですけど、と慌てて付け足した。先生は少し笑った。

「幾田さんが、先生って呼んでるのは、そりゃあ不自然に聞こえるだろうな。生徒を連れ出してる悪い教師とでも思われてるんじゃないだろうか。先生以外の呼び方があればな」

「でも、先生だって、わたしのこと幾田さんって呼ぶのは不自然だと思いますよ」

「そんなことはないだろう」

「でも、わたし、会社員には見えないだろうから、上司と部下って感じにもならないだろうし」

「先生にくらべれば、苗字で呼ぶのは不自然じゃないよ」

もっともだった。かといって、先生以外の呼び名は思いつかなかった。先生にしても、わたしを別の呼び方で呼ぶことは浮かびもしないようだった。

喫茶店で呼び名について話していたとき、実はわたしは、先生の下の名前を思い出せていなかった。高校時代、聞いたことはあったはずだけれど、記憶に残っていなかった。その日は帰ってから、数年ぶりに卒業アルバムを開いた。先生の名前を見るためだった。先生の写真の下に書かれた名前は、どことなく聞き憶えがあるようで、けれどわたしの知っている先生のイメージからは遠いようにも感じられた。

先生のフルネームをもごもごと唱えてみたけれど、しっくりとはこなかった。呼び名はやっぱり、先生、以外には考えられなかった。


「どんな人が好きなの？　芸能人とかでもいいけど」

話の流れがあったとはいえ、それでも少々唐突に思える質問だ。感じが悪くならないように気をつけながら、えー、と口ごもる。

「なんでもいいよ。優しいとかそういうのでも」

「物知りな人」

答えながら、一人の男性を思い浮かべる。答えているときだけじゃないけれど。

「へー、頭いい人が好きなんだね。俺はやばいなー」

「こいつ超バカだからね、ほんとに」

別の男の子が、隣から会話に加わってくる。あははは、とわたしは声を出して笑う。おもしろいとはこれっぽっちも思っていないけど、笑う。この男の子の名前も、当然記憶してはいなかった。きっと思い出せない。

頭がいいのと、物知りなのは違うと思う。先生は頭もいいけど。そう思ったことはもちろん言わない。

　好きなタイプを聞いて、それが自分に当てはまっていたからって、あるいは当てはまっていなかったからって、なんだっていうのだろう。意味のない会話、意味のない時間。ただそれらは、わたしが作り出しているものだ。今のわたしの心が、あらゆるものを無意味にしてしまう。たった一人を除いて。

　頭の中で、先生の横顔が浮かぶ。きっと最後に会ったとき、隣に並んでいたからだ。先生の左側の表情。口元に刻まれた皺。一度だけ触れ合った唇。たった一度だけ。

「他には何かないの？」

「少し疲れてる人」

　わたしの答えに、男の子たちが、なんだそれー、と楽しそうに笑う。合わせて笑ったけど、おもしろいとは思っていない。ただ、こんなところでこんなことを言っている自分をむなしく感じる。何してるんだろう、わたし。

「ごめんねー、この子、ちょっと天然だったりするから」

　横にいるわたしの友だちが間に入る。別の人たちと話していたけれど、こっちの話も聞いていたらしい。

「天然じゃないよ」

　わたしは言った。真面目だけど、と心の中で付け足す。自分でも意識していなかったけれど、わたしは真面目なんだと思う。先生が言ってくれていたのだから。

その日、先生は、明らかに疲れの色を、表情のみならず体中に滲《にじ》ませていた。

わたしたちは居酒屋にいた。二人で飲むのは二度目だった。一度目は、図書館横の喫茶店で話がはずみ、せっかくだからこのままごはんでも、ということになり、流れで行った。二度目はあらかじめ約束して待ち合わせたのだ。居酒屋以外でなら、ほぼ毎週のように会っていた。図書館や喫茶店で。

「学校で何かあったんですか」

わたしは訊ねた。平日だったので、先生は仕事を終えてから、居酒屋にやって来たはずだった。

「いや、たいしたことじゃないよ」

先生はいつもどおり振る舞おうとしていて、そのように見えていた部分もあるけれど、風でカーテンが揺れて窓の外が見えるみたいに、ところどころで、いつもとは違う様子が現れていた。

話が途切れたときに、先生はぽつりと言った。

「おれみたいなおじさんと話してても、退屈だろう」

突然どうしたんですか、とわたしは笑って答えたけど、先生は笑っていなかった。そもそもわたしの笑いも、不自然なものになっていたかもしれない。

わたしは驚いていた。発言の内容もさることながら、先生がわたしの前で、おれ、という一人称を使ったのは初めてだった。いつも、僕、と言っていた。けれど先生の口から出た、おれ、という単語は、自然に口に馴染《なじ》んでいる様子で、学校や生徒の前以外では、普通に口に出しているのだろうなと想像できた。

「また、つまらないこと言っちゃったな」

そう言うと先生は、いつものように戻った。正確に言うなら、いつものように振る舞っていた。

わたしたちは学校のことや、星座神話のことなど、今まで喫茶店で話してきたようなことについて話した。先生はお酒を飲みつづけていたけれど、あまり酔っている様子はなく、だからこそさっきの発言がひっかかっていた。

驚いた一方で、嬉《うれ》しくも感じていた。ずっと隠していた何かを、少しだけさらけ出してもらえたような、間にある階段を一段だけでものぼれたような気がして。

わたしはもう既に、先生のことを好きだと思っていたのだ。はっきりと認識していなかったというだけで。先生に会って、自分の知らない話を聞けることが本当におもしろく、楽しみになっていた。たまに会えない週があると、すごく寂しく感じられた。尊敬や興味の範囲を飛び越えていた。

お店を出てから、タクシーを拾うために国道へ向かった。既にバスが終わっている時間だった。

「なんだか申し訳ないな、大学生の貴重な時間を、おれとのこんな飲みに使わせてしまって」

歩きながら、先生は言った。二回目の、おれ、だった。

わたしは、少し先を歩いていた先生の左手を両手でつかんだ。やっぱり、思考よりも行動が早くなった。もう何度も見てきたその手は、うっすらと熱を帯びていて、見た目の印象よりも、すべすべとしていた。

先生は振り向いた。すごく驚いた顔をしているのが、街灯の少ない暗い道でもわかった。開いた口からは、今にも何か言葉が飛び出しそうだった。

「先生、」

いざ言葉にしようとすると、どう言っていいのかわからず、わたしは止まった。ちゃんと伝えたかった。一緒に過ごす時間をすごく楽しいと思っていること、会えると嬉しいと感じること、話をいくらでも聞きたいと思っていること。先生の存在が、日増しに大きくなっていること。

バランス悪く手をつないだ、妙な体勢のまま、先生の顔が近づいてきて、唇が重なった。少しだけお酒の匂《にお》いがした。静かな夜の、静かなキスだった。

朝までカラオケだ、と盛り上がっているグループの中から、ひっそりと抜け出した。後で気づいて何か言われてしまうかもしれないけれど、別に構わなかった。楽しそうに話している人たちに囲まれても、ちっとも楽しいとは思えなかった。お店を出るときに、酔っぱらった男の子の一人に背中を触られたのもいやだった。誰も触れないでほしい。先生がほとんど触れてくれなかった体に。

タクシーを拾うつもりでいたのに、少し歩き出すと、夜風が熱くなった頰《ほお》に気持ちよくて、家まで歩こうと決めた。一応車の通りが多い国道沿いを通っていく。

キスしたときとは違う、明るい道だ。

忘れようと思っているのは、全然忘れられていないからだ。忘れよう忘れようって繰り返しながら、思い出している。

大きな交差点にさしかかる。右に曲がって少し行けば、中央図書館だ、と意識しながら、自宅に向かうため左に曲がる。

ふと思い立って、背筋をぴんと伸ばしてみる。先生の真似《まね》。いつか、背筋のまっすぐさについて聞いてみようと思っていたのに、結局聞かないままになってしまったことに気づく。

聞きたいこと、たくさんあったな。話したいことも、どんどん増える一方だったのに。

背筋をまっすぐにして歩くことはすぐにあきらめて、バッグから赤いボールペンを出す。右手で軽く握って、そのまま歩き出す。

たとえばハンカチとか、メモ帳とか、他のものではなくボールペンを欲しがったのは、それが先生に一番近いものであるように感じたからだ。さらには象徴のように。

いつだって先生は胸ポケットに赤いボールペンを忍ばせていたことを、たびたび会うようになってから、数年ぶりに思い出していた。どのシャツを着ているときでも、胸ポケットにはボールペンが引っかけられていた。教室でも、先輩と話し込んでいた廊下でも、多分それ以外の場所でも。

数えきれないほど買い換えてきたに違いないし、同じものを使いつづけているわけではないと知っていた。それでも、毎日彼と行動をともにし、触れられているボールペンは、先生と親しいものだった。喫茶店で話しているときも、説明の必要があるたびに、先生は赤い文字で何かを書きつけていた。

こうしてボールペンを握って歩いたところで、先生と手をつないで歩いているような気にはならない。それでもいくらかマシだった。一人きりじゃないと錯覚させてもらえる。明るい夜。

ずっとメモリに登録していたのに、実際に電話をかけたのは初めてだった。キスをした翌日の夜だった。

呼び出し音が何度か鳴って、留守電になってしまうかもと思ったくらいで、もしもし、と声がした。かけておきながら、実際に声を聞くと、一気に鼓動が速くなった。

幾田です、と名乗った。数年ぶりに図書館で再会したときも名乗った、とずっと忘れていたことを思い出した。先生はわたしの電話番号を知らないはずだった。

ああ、と声がして、少し沈黙があった。通じているのか心配になり、もしもし、と言うと、もしもし、と返ってくる。

「まだ学校ですか」

「ああ、うん」

後ろで誰かの声がしたのに気づき、わたしは言った。

初めて電話越しに聞く先生の声は、いつもよりもこもっていた。

「電話もらえてよかったよ」

移動したのか、さっきよりも若干大きな声になった。番号今まで伝えてなかったですよね、すみません、とわたしは言う。

また沈黙があった。今度は通じているのかは心配にならなかった。

今思っていることを伝えなきゃいけないと思って、言った。

「もしも誤解されてたらいやだなって思ったんですけど、昨日、嬉しかったです」

先生は黙っていた。わたしだけが言葉を発する。

「誤解っていうのは、先生が、わたしに責任とか、責任っていうか申し訳なさとか、そういうのを感じてたら、困るから」

先生が、ありがとう、と言ったことで、わたしの途切れ途切れのつたない言葉が通じたのがわかって安心した。

「今から時間取れるなら、会って話したい。難しいかな」

夜七時。階下で母親が夕飯の準備をしていることが気になったけれど、わたしは、大丈夫です、と答えていた。

そしてわたしたちは、居酒屋で落ち合った。平日なのになぜか混んでいて、カウンターに案内された。

運ばれてきたビールを一口飲んで、ほとんど何も話していなかった先生が、ようやく口を開いた。

「昨日は本当に申し訳なかった」

重たい響きだった。

「あの、電話でも言いましたけど」

「わかってる」

先生はわたしの言葉をさえぎった。そんなのは初めてだった。

「この数ヶ月、幾田さんと過ごしていて、本当に楽しかった」

楽し、かった？　過去形が引っかかりながらも、わたしは言葉の続きを待った。

「気持ち悪いかもしれないけれど、僕はあなたと恋愛しているような気になっていたんだ」

「気持ち悪くないです」

黙って聞こうと思っていたのに、思わず口が動いた。あなた、と呼ばれたのは初めてだった。また黙ると、さらに言葉が流れてきた。

「僕は幾田さんのことが好きだし、一緒にいたなら、これからもっと好きになっていくだろうと思う」

これは告白なのだろうか、と思いつつも、素直に喜べなかったのは、言葉の裏側に潜む不穏な気配を読み取ったからだ。話は続き、気配が本物だったのを知ることとなった。

「だけど、僕は何もできない。妻もいるし、子どももいる。何より幾田さんは若いし、これからきっとたくさんの人と出会って、その中で恋もしていくんだろうと思う。それを僕のせいでだめにしたくない」

途中でさえぎってしまいたかったのを、必死に我慢して、話が終わってから言った。

「わたしは先生が好きで、先生といたいんです」

「ありがとう」

硬い表情を崩すことなく、こちらを見ることなく、先生は言った。

わたしはしばらく話しつづけた。先生のせいとかそんなことじゃないです、とか、結婚してほしいと思っているわけじゃないです、とか、何かをしてほしいわけじゃないのに、とか、半泣きになりながら。先生は黙って聞いていた。

わたしが黙ると、先生は言った。

「本当に、ありがとう」

感謝だけれど、拒絶でもあった。見えないシャッターが下ろされるのを感じた。

そのときになってようやく、今日先生がずっと、自分のことを、僕、と言っていることに気づいた。先生は先生に戻ってしまったのだ。そしてもう、わたしの前では二度と崩れない。あなたと呼ばれるのも、さっきが最初で最後だろう。

こんなに好きで、相手も自分のことを好きなのに、一緒に過ごしてはいけないだなんて、どれほどの罰だろうと思った。けれど、高校生のときにくらべれば、気持ちがすべてじゃないのだということも、うっすらとだけど知りはじめていた。

「わかりました」

わたしは言った。

「その代わり、先生の使っていたものをください」

「使っていたもの？」

「何でもいいです」

わたしのお願いに、先生は明らかに戸惑っていた。表情を見ながら、さまざまな光景が思い出され、わたしは言った。

「やっぱり、ボールペンがいいです」

「ボールペン？」

「いつも使ってるやつです。ポケットの」

先生は胸ポケットから赤いボールペンを取り出し、わたしに手渡した。はい、と言った声はあたたかく柔らかかった。ようやくこちらを向いた先生に、どんな顔をしていいかわからず、わたしは唇に力を入れながら、先生の手を見ていた。

刻まれた皺の一本一本をなぞりたかった。先生が過ごしてきた、わたしの知らない時間を知りたいと思った。左手薬指の指輪が、誇らしげにこちらを見ているように感じられる。完全なる被害妄想なのに、くやしくて仕方ない。もうわたしは、ここから近づくことはできないし、これ以上知ることはできない。

唇に力がこもっていく。今すぐにでも涙は溢《あふ》れ出すのを待っていたけれど、先生の前では、泣きたくないと思っていた。

解説

瀧井朝世

どうにもならないことはある。

もう、あとは泣くことしかできないくらい、仕方のないことはある。

時が過ぎた後で人はそうした出来事を、どんな風に振り返るのだろう――本書は、そんな瞬間を切りとった短篇集。二〇一一年に「小説すばる」に掲載された短篇六篇と、書き下ろし（「恐れるもの」）一篇をまとめた『あとは泣くだけ』は、二〇一二年九月に単行本が刊行され、このたび文庫化された。


収録された七篇は次の通り。

「触れられない光」。主人公は会社勤めの若い女性。母と二人暮らしだ。ある日部屋の引き出しから出てきたのは、かつての恋人からもらった婚約指輪。

「おぼえていることもある」。著者が得意とする（と私が勝手に思っている）ダメ男の話だ。女の部屋から部屋へと転々としている無職の彼だが、ずっとボストンバッグの中に入れたまま捨てられずにいる本が一冊。

「被害者たち」。二十代の既婚女性が台所掃除中に見つけたのは、ワタリガニの缶詰。これをくれたのは、昔の彼だ。

「あの頃の天使」。大学受験を控える少年が、部屋で古いたまごっちを見つけて、再起動しようとする。これは大好きだった女の子からの贈り物。

「呪文みたいな」。クラスで孤立している女子となぜか親しくなった主人公。女の子たちの間で生まれる、友情とも愛情ともつかない密接な心と心の繋《つな》がりが描かれる。

「恐れるもの」。夫の晴れ着のベストのポケットから出てきたアンクレット。以前、妻がそこにこっそり入れたのだ。その理由とは?

「先生、」。図書館で高校の恩師に再会した女子大生。その場で、教育実習について相談にのってもらうのだが……。


この七篇に共通するテーマはいくつかある。

まず、主人公が、過去に人からもらったものを見つけること。婚約指輪、本、缶詰、たまごっち、天然石のブレスレット、アンクレット、赤いボールペン……。わざわざ贈り物にするものとは思えないアイテムまである。しかしそれらは主人公たちにとって、何らかの記憶に直結する、いってみれば思い出の箱の鍵《かぎ》なのである。

二番目。その贈り主はみな、かつて大切だった人であり、今はもう会えない存在であること。その状態からも分かるように、プレゼントの贈り主との恋も友情も、すでに終わってしまっている。短い枚数で、現在と過去というふたつの時間が掬《すく》い取られ、今の主人公の郷愁めいた思いと、回想場面での生々しいやりとりから生まれる感情、そのふたつを読者も一緒に体験することになる。

三番目。切りとられたエピソードのなかで、主人公たちは人生における何らかの選択をしている。結婚するのかしないのか、その女性と別れるのか別れないのか、暴力を振るう男との関係をどうするのか、どちらの友達づきあいを大切にするのか、不倫相手と会い続けるのかどうか……等々。もちろん、自分の意志だけで決められるわけではなく、不可抗力で選ばざるを得なかったこともある。積極的な意志ではなくとも、それが正しいかどうか分からなくても、人は何かを選ばなければいけない時がある。過去を振り返ることは、その時の自分の選択を確認する作業でもあり、本書はその作業の話ともいえる。

四番目は、必ずしもすべての収録作品にあてはまるわけではないが、一応挙げておきたい。意外にも深刻な問題になりがちなテーマが多いのだ。娘を自分の支配下においておこうとする毒親や、ＤＶ、クラスでの孤立、不倫。社会的な問題、あるいはその人の社会性に関わる問題が多く含まれているのである。日常的な光景を鮮烈に切りとることに定評のある著者だが、本書ではそこからさらに一歩踏み込もうとしていることがうかがえる。実際インタビューした時に「この本では苦手だった暴力の描写にも挑戦した」と語ってくれた。

五番目。それでも未来はある、と思える結末を迎えること。苦い終わり方をする話が多いが、かといって、彼・彼女たちの未来が暗いわけではない。そもそも主人公たちは過去に戻りたがっているのではない。彼らが過去の贈り物を目にして抱《いだ》く感情は、後悔や未練というよりは、ある種の諦念《ていねん》であったり、甘い感傷であったりする。彼らは思い出のなかに生きているのではなく、今を生きている。その姿は、辛《つら》く悲しい経験をした後も、人は生きていけると感じさせてくれる。過去を振り返ることで、今生きている自分を実感する主人公たちの姿が描かれているといえるのだ。だから、余韻はとても心地よい。

短い枚数で、的確なエピソードと微細な心の揺れを丁寧に描き出す著者。周知のこととは思うが、加藤さんは小説家であり、歌人でもある。一九八三年生まれの彼女が短歌で注目されるようになったのはまだ北海道・旭川に住む高校生だった頃だ。ネット上で交流を持った歌人の枡《ます》野《の》浩一《こういち》氏らから高い評価を受け、歌集を発表したのは二〇〇一年。現在それは、小説五篇を加えた『ハッピー☆アイスクリーム』（集英社文庫）で読むことができる。大学進学で上京、学生時代も短歌やエッセイを執筆し、小説も書き始める。大学卒業後、就職せずに文筆業の道を選び、二〇〇六年には『ゆるいカーブ』というショートストーリーに短歌を添えた作品集を発表。これは後に加筆・改題され、『真夜中の果物《フルーツ》』（幻冬舎文庫）として文庫になっている。二〇〇九年には甘いお菓子を小道具に、さまざまな恋愛シーンを描いた小説集『ハニー　ビター　ハニー』（集英社文庫）を上梓《じょうし》、これがロングセラーとなり、作家としての注目度もぐんと上がった。以降、短歌でも小説でも幅広く活躍している。

小説でも短歌でも、加藤さんの作品は読者に「同じ体験をしたことはないのに、ここに書かれている気持ちの揺れを、自分は確かに知っている」と思わせる。日常の光景のなかの、一瞬で消え去りそうな、心の微細な動きを掬い取る作家なのだ。それは短歌という限られた文字数の作品を作るなかで、磨かれてきた才能ともいえるが、あのセンセーショナルなデビューを思い返すと、そもそもその才能があったから短歌でも小説でも力を発揮してきたのではないかと思う。ご本人は自覚しているかどうか分からないが、言葉の選び方、並べ方、エピソードの作り方やアイテムの使い方など、センスがいい、としかいいようがない。ただ、短文ですべてをきっちり説明しているわけではない。短歌でも人によって解釈が異なるように、彼女の記す小説でも、そこにある余白や余韻が、想像の余地を残すのだ。そのバランスが絶妙。読者は余白の部分に、自分にとって共鳴しやすい感傷や感動を見つけ出し、あるいは過去の記憶との重ね合わせを行っているように思う。そのバランスが巧《うま》いのだ。

なによりもカトチエ作品の魅力は、ハニー&ビター。以前読書遍歴についてインタビューした時は数々の少女漫画作品を挙げて「自分の根底にあるのは少女漫画」と語り、それはどういうことかと訊《き》くと「雨の日に仔猫《こねこ》を拾うような不良の男の子に弱いんです、今でも(笑)」と言っていた。だから〝胸キュン〟のツボが分かっているのかと納得するが、ただ、彼女の〝胸キュン〟は甘酸っぱいだけでなく、そこはかとなく辛辣《しんらつ》でビター。人生のほろ苦さを感じさせる要素が、彼女の作品には潜んでいる。またもやインタビューからの引用になるが、『誕生日のできごと』(ポプラ文庫ピュアフル)について語ってもらった時に、ふと腑《ふ》に落ちた。

「夢を持つことは大事、と教えられてきましたが、私はそれに違和感があったんです。夢が持てなくてもそれが正直な気持ちであるならそれでいい。それに夢を諦《あきら》めることだって勇気と努力が必要だろうと思うんです」

この人は、夢や希望やきれいごとを闇雲《やみくも》に標榜《ひょうぼう》するのではなく、一見ネガティブな選択のなかにも、その人なりの前向きな思いがあることを知っているのだ。ほろ苦さのなかに含まれる、人や人生というものに対する優しさは、そこから生まれている。そしてこの「あとは泣くだけ」しかない状況を体験した人々の物語を収めた本書は、そんな彼女の美点がよく表れている作品集なのである。

（たきい・あさよ　ライター）

初出　「小説すばる」
触れられない光　二〇一一年五月号
おぼえていることもある　二〇一一年六月号
被害者たち　二〇一一年七月号
あの頃の天使　二〇一一年八月号
呪文みたいな　二〇一一年九月号
恐れるもの　単行本書き下ろし
先生、　二〇一一年十一月号

本文デザイン／名久井直子

本書は二〇一二年九月、集英社より刊行されました。

集英社文庫

あとは泣《な》くだけ

2014年9月25日　第1刷　　　　定価はカバーに表示してあります。

著　者　加藤千恵《かとうちえ》

発行者　加藤　潤

発行所　株式会社　集英社

東京都千代田区一ツ橋2-5-10　〒101-8050

電話　【編集部】03-3230-6095

【読者係】03-3230-6080

【販売部】03-3230-6393(書店専用)

印　刷　凸版印刷株式会社

製　本　凸版印刷株式会社

フォーマットデザイン　アリヤマデザインストア　　　マークデザイン　居山浩二

ISBN978-4-08-745232-7 C0193